こんどうともこ 著

元氣日語編輯小組 審訂

TOMOKO老師的無壓力學習法

從零開始，跟著聽、照著說～

你也會的 生活日語！

新版

楽しく学ぶ
**生活
日本語**

生活しながら楽しく学ぼう！

　本書は、日本語学習の初・中級者が、今までに習った文型や文法をふだんの生活場面で使えるようになることを目標に作成した教材です。「初・中級レベルはクリアしたものの、実際日本人に会った際にうまく話せない」、「基本は学んだものの、どう活用したらいいか分からない」といった学習者側の悩みや、「初級から中級へのつなぎに使う適当な教材が見当たらない」といった教師側の悩みの両方に応えた日本語教材です。

　内容は、日本人とコミュニケーションする際に不可欠な日常場面で構成されています。日本人と友だちになることに始まり、日本人とおしゃべりを楽しみ、仕事先や病院、お店でも不自由なく日本語が使え、気ままに生活できるようになることを最終目標としています。

　まずは【這句話最好用！】で相手に伝える基本をおさえましょう。単語を置き換え、別の状況でも使える文を作る練習をします。【連日本人都按讚！】では、テーマに合ったさまざまな表現方法を覚え、表現の幅を広げましょう。【生活會話我也會！】で、自然な会話の流れをつかみ、【生活單字吃到飽！】で語彙を

増やします。各単元の最後には、知っておくと役に立つコラム
【TOMOKO老師的悄悄話】がありますので、息抜きにどうぞ。

　最後に、附属の音声を何度も聞き、声に出して言ってみるこ
とをおすすめします。耳に残った音をまねすることで、だんだん
と日本人に近い発音ができるようになるのです。まちがいを恐れ
ず、日本人をつかまえてどんどん話してみてください。相手との
会話のやり取りを楽しみながら繰り返すうちに、言葉は上達する
はずです。本書がきっかけとなり、日本語学習がさらに楽しくな
ることを期待しています。

2024年3月　台北の自宅にて

こんどうともこ

在生活中開心學習吧！

　　這是一本以可以讓初‧中級的日語學習者，把學習至今的句型或文法運用到日常生活中為目標所寫成的教科書。也是一本可以同時解決學習者「雖然有初‧中級的程度，但實際上遇到日本人時，卻無法好好表達」、「雖然學過基礎，但不知如何活用」等等煩惱，以及教師「找不到從初級銜接到中級的合適教材」等等困擾的教科書。

　　本書內容是由和日本人溝通時不可欠缺的日常生活場面所構成。希望大家能從和日本人做朋友開始，接著與日本人開心地聊天，然後在工作場合或醫院、商店等處也能不吃力地使用日語，而最終的目標是能自在地生活。

　　首先，在【這句話最好用！】裡，學習可以把心意傳達給對方的基礎日文吧。只要替換單字，馬上就可以造出在其他場合也能使用的句子。而在【連日本人都按讚！】裡，記住合乎主題的各種表達方式，擴大表達的範圍吧。還有【生活會話我也會！】裡可以掌握自然的會話的語感；在【生活單字吃到飽！】裡可以增進語彙能力。另外，在各個單元的後面，還有要是事先知道就能派上用場的小專欄【TOMOKO老師的悄悄話】，可以讓你輕鬆一下。

最後，推薦多聽幾次隨書所附的音檔，試著發出聲音說說看。藉由模仿留在耳朵裡的聲音，便能漸漸發出近似日本人的發音。請不要怕出錯，試著找日本人積極地聊天看看。相信反覆地與對方開心聊天之際，日文一定會進步。期待本書成為契機，讓你的日文學習更有樂趣。

2024年3月　於台北自宅

こんどうともこ

從零開始，跟著聽、照著説～你也會的生活日語！

6大類50個日常生活小主題

精選6大類在日常生活上一定會遇到的情況，再從各種情況中細分出共50個小單元，針對每個小單元的主題，認識必會的情境對話與一句話！

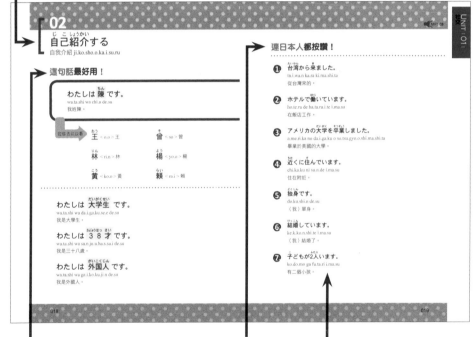

這句話最好用！
每個小單元都列出6句「這句話最好用！」或是「套進去説看看」，你可以從簡單的句子中，藉由代換練習，説出令日本人刮目相看的好用句！

連日本人都按讚！
「お願いだから許して。」（拜託你原諒我。）「お目が高いですね。」（您的眼光真高耶。）這種連日本人聽了都忍不住按讚的道地日語，輕輕鬆鬆就能學會！

羅馬拼音
對50音還不熟怎麼辦？沒關係！全書會話和句子皆附上羅馬拼音，只要跟著本書這樣説，你也可以變成生活日語達人！

針對小單元的主題如「自我介紹」、「打錯電話」等等，模擬真實的情境對話，一旦在日常生活遇到相似情境，立即就能開口説出最適當的生活日語！

中文翻譯

精準的中文翻譯，讓你馬上知道何時會用到這句話。或者你也可以先看中文，再想想這句生活日語該怎麼説，來當作練習，加強日語實力。

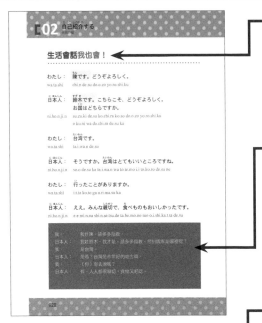

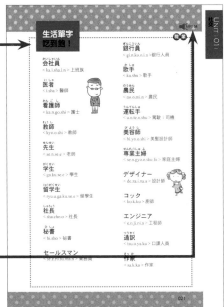

生活單字吃到飽！

50個小單元皆補充了該種情況下必會的相關單字，像是「ヘアスプレー」（噴霧式定型液）、「バックパッカー」（背包客）等等，全書上千個重點生活單字，幫你累積生活字彙量！

音檔序號

日籍作者親自錄製朗讀音檔，配合音檔學習，生活日語聽、説一本搞定！

TOMOKO老師的悄悄話

日本人 愛說什麼？

生活在台灣的我，經常遇到很多熱情的台灣人，也經常才第一次見面就被問「結婚了沒？」「你住哪裡？」「薪水多少？」「為什麼住台灣？」……雖然現在已經習慣覺得沒什麼好奇怪的了，但是剛來台灣時真不知道該怎麼回答，也覺得有點尷。總之，在了解台灣人之後會覺得台灣人真可愛，總是想到什麼就問什麼。或許這些問題與「吃飽了沒？」一樣，是打招呼的一種。以前不太懂中文時，被問「吃飽了沒？」就會認真回答「還沒」，結果被追吃了好幾碗飯，現在想想自己的臉皮真厚……（笑）。說到這裡，如果台灣人愛說「吃飽了沒？」這句話，那麼我們日本人呢？既然了解語言等於了解當地的人一樣，那麼在學習日文的同時，也請感受一下日本人的背後的心吧。日本人愛說：

❶ おつかれさまでした。
< o tsu.ka.re sa.ma de.shi.ta >；辛苦您了。

這是一句日本有上班的人，每天最少會用到一次的日文。我的老外朋友對這句話感到奇怪，他們以為每個日本人都很累，所以才會人人都愛說。但是對在工作上得發揮百分之百的力量去努力的日本社會來說，或許不累就等於沒有認真工作吧。所以用這句話就像台灣的「吃飽了沒？」一樣，很好用喔。

❷ つまらないものですが……。
< tsu.ma.ra.na.i mo.no.de.su ga >；
雖然是不值錢的東西，但……。

這是日本人表示謙虛，在送禮時會說的一句話。但據說隨著時代變化，年輕人不喜歡謙虛，反而會直接說「おいしいですから、どうぞ」< o.i.shi.i de.su ka.ra do.o.zo >；因為好吃，請用。）等，其實哪一句好，見仁見智，用心最重要啦。

❸ いってきます。< i.t.te.ki.ma.su >；我出門了。
ただいま。< ta.da.i.ma >；我回來了。

個人覺得這句話與日本人的團結精神有關係。日本人喜歡報告事情，像是我在做什麼。我要做什麼，我做了什麼等等，都會距細靡遺地說出來。像這樣藉由報告讓對方知道所有的事情，不但個人能把握狀……

050

TOMOKO老師的悄悄話

以輕鬆好讀的小專欄方式，告訴你各種有趣的日本風土民情，像是「日本為什麼是女性的天堂？」相信藉由這個小專欄，你會更能了解日本文化！

TOMOKO老師的Fun生活

精選TOMOKO老師在Facebook上分享的生活大小事，搭配TOMOKO老師親手畫的可愛插圖，學習日語更有臨場感也更好記喔！

TOMOKO 老師的Fun生活

天氣變涼，愛貓特別喜歡訊在熱熱的筆電上睡覺，所以通常我會把面板蓋好，免得被牠刪掉內容，但常常去泡澡就忘了蓋，回來之後發現愛貓已經幫我打好字，而且以一副似乎在說：「你看，你每天愁眉苦臉寫稿，我一下就寫完。」的表情睡著了，貓咪，可以的話，我也想拜託你。但你會答應我說：「剩下的我來就好」嗎？

Tomoko：じゃ、よろしくね。
< ja yo.ro.shi.ku ne >
那就麻煩你了。

おてつだいしたよ：我已經幫你忙囉
にゃん：喵
ほめてね：誇獎我吧

008

社交 <small>しゃこう</small> 社交

日本人とつきあう <small>に ほんじん</small> 交日本朋友

目次

おしゃべり　聊天

如何掃描 QR Code 下載音檔

1. 以手機內建的相機或是掃描 QR Code 的 App 掃描封面的 QR Code。

2. 點選「雲端硬碟」的連結之後，進入音檔清單畫面，接著點選畫面右上角的「三個點」。

3. 點選「新增至「已加星號」專區」一欄，星星即會變成黃色或黑色，代表加入成功。

4. 開啟電腦，打開您的「雲端硬碟」網頁，點選左側欄位的「已加星號」。

5. 選擇該音檔資料夾，點滑鼠右鍵，選擇「下載」，即可將音檔存入電腦。

Unit 01

しゃこう
[社交
sha.ko.o
社交

あいさつする 打招呼

自己紹介する 自我介紹
じ こ しょうかい

他者を紹介する 介紹他人
た しゃ しょうかい

あやまる 道歉

感謝する 致謝
かんしゃ

ほめる 稱讚

賛成、反対する 贊成與反對
さんせい はんたい

祝う 祝賀
いわ

お願いする 請求
ねが

01

あいさつする
打招呼 a.i.sa.tsu.su.ru

這句話最好用！

こんにちは。
ko.n.ni.chi.wa
你好；午安。

おはよう。
o.ha.yo.o
早安。

おはようございます。
o.ha.yo.o go.za.i.ma.su
早安。（比「おはよう」有禮貌的說法）

こんばんは。
ko.n.ba.n.wa
晚安。（晚上見面時使用）

おやすみなさい。
o.ya.su.mi.na.sa.i
晚安。（睡覺前使用）

さようなら。
sa.yo.o.na.ra
再見。

連日本人都按讚！

1 はじめまして。
ha.ji.me.ma.shi.te
初次見面；幸會。

2 どうぞよろしく。
do.o.zo yo.ro.shi.ku
請多多指教。

3 久^{ひさ}しぶり。
hi.sa.shi.bu.ri
好久不見。

4 お久^{ひさ}しぶりです。
o hi.sa.shi.bu.ri de.su
好久不見。（比「久^{ひさ}しぶり」有禮貌的說法）

5 元気^{げん き}？
ge.n.ki
你好嗎？

6 お元気^{げん き}ですか。
o ge.n.ki de.su ka
你好嗎？（比「元気^{げん き}？」有禮貌的說法）

7 こちらこそ。
ko.chi.ra ko.so
彼此彼此；我才是。

生活會話我也會！

· ·

わたし： おはようございます。
wa.ta.shi　o.ha.yo.o go.za.i.ma.su

日本人： おはようございます。
ni.ho.n.ji.n　o.ha.yo.o go.za.i.ma.su

わたし： これから会社ですか。
wa.ta.shi　ko.re.ka.ra ka.i.sha de.su ka

日本人： ええ。
ni.ho.n.ji.n　e.e

わたし： いってらっしゃい。
wa.ta.shi　i.t.te.ra.s.sha.i

日本人： いってきます。
ni.ho.n.ji.n　i.t.te.ki.ma.su

我： 早安。
日本人： 早安。
我： 接著要去公司嗎？
日本人： 是的。
我： 請慢走。
日本人： 我走了。

生活單字 吃到飽！

 國 籍

台湾人
< ta.i.wa.n.ji.n > 台灣人

中国人
< chu.u.go.ku.ji.n > 中國人

香港人
< ho.n.ko.n.ji.n > 香港人

マレーシア人
< ma.re.e.shi.a.ji.n > 馬來西亞人

シンガポール人
< shi.n.ga.po.o.ru.ji.n > 新加坡人

アメリカ人
< a.me.ri.ka.ji.n > 美國人

イギリス人
< i.gi.ri.su.ji.n > 英國人

タイ人
< ta.i.ji.n > 泰國人

インド人
< i.n.do.ji.n > 印度人

アフリカ人
< a.fu.ri.ka.ji.n > 非洲人

イタリア人
< i.ta.ri.a.ji.n > 義大利人

フランス人
< fu.ra.n.su.ji.n > 法國人

フィリピン人
< fi.ri.pi.n.ji.n > 菲律賓人

インドネシア人
< i.n.do.ne.shi.a.ji.n > 印尼人

あなた
< a.na.ta > 你

彼
< ka.re > 他

彼女
< ka.no.jo > 她

彼ら
< ka.re.ra > 他們

みんな
< mi.n.na > 大家

1人
< hi.to.ri > 一個人

じ こ しょうかい
自己紹介する
自我介紹 ji.ko.sho.o.ka.i.su.ru

這句話最好用！

わたしは 陳 です。
wa.ta.shi wa chi.n de.su
我姓陳。

套進去説説看

おう
王 ＜o.o＞王

そ
曾 ＜so＞曾

りん
林 ＜ri.n＞林

よう
楊 ＜yo.o＞楊

こう
黄 ＜ko.o＞黄

らい
頼 ＜ra.i＞頼

- -

だいがくせい
わたしは 大学生 です。
wa.ta.shi wa da.i.ga.ku.se.e de.su
我是大學生。

さんじゅうはっ さい
わたしは ３８才 です。
wa.ta.shi wa sa.n.ju.u.ha.s.sa.i de.su
我是三十八歲。

がいこくじん
わたしは 外国人 です。
wa.ta.shi wa ga.i.ko.ku.ji.n de.su
我是外國人。

MP3 **03**

連日本人都按讚！

① 台湾から来ました。
ta.i.wa.n ka.ra ki.ma.shi.ta
從台灣來的。

② ホテルで働いています。
ho.te.ru de ha.ta.ra.i.te i.ma.su
在飯店工作。

③ アメリカの大学を卒業しました。
a.me.ri.ka no da.i.ga.ku o so.tsu.gyo.o.shi.ma.shi.ta
畢業於美國的大學。

④ 近くに住んでいます。
chi.ka.ku ni su.n.de i.ma.su
住在附近。

⑤ 独身です。
do.ku.shi.n de.su
（我）單身。

⑥ 結婚しています。
ke.k.ko.n.shi.te i.ma.su
（我）結婚了。

⑦ 子どもが2人います。
ko.do.mo ga fu.ta.ri i.ma.su
有二個小孩。

生活會話我也會！

わたし：　陳です。どうぞよろしく。
　　　　　ちん
wa.ta.shi　　chi.n de.su do.o.zo yo.ro.shi.ku

日本人：　鈴木です。こちらこそ、どうぞよろしく。
に ほんじん　すず き
　　　　　お国はどちらですか。
　　　　　　くに
ni.ho.n.ji.n　　su.zu.ki de.su ko.chi.ra ko.so do.o.zo yo.ro.shi.ku

　　　　　o ku.ni wa do.chi.ra de.su ka

わたし：　台湾です。
　　　　　たいわん
wa.ta.shi　　ta.i.wa.n de.su

日本人：　そうですか。台湾はとてもいいところですね。
に ほんじん　　　　　　　　たいわん
ni.ho.n.ji.n　　so.o de.su ka ta.i.wa.n wa to.te.mo i.i to.ko.ro de.su ne

わたし：　行ったことがありますか。
　　　　　い
wa.ta.shi　　i.t.ta ko.to ga a.ri.ma.su ka

日本人：　ええ。みんな親切で、食べものもおいしかったです。
に ほんじん　　　　　　　　しんせつ　　た
ni.ho.n.ji.n　　e.e mi.n.na shi.n.se.tsu.de ta.be.mo.no mo o.i.shi.ka.t.ta de.su

---

我：　　　我姓陳。請多多指教。
日本人：　我姓鈴木。我才是，請多多指教。您的國家是哪裡呢？
我：　　　是台灣。
日本人：　是嗎？台灣是非常好的地方唷。
我：　　　（你）有去過嗎？
日本人：　有。人人都很親切，食物又好吃。

MP3 **04**

生活單字
吃到飽！

職**業**

かいしゃいん
会社員
< ka.i.sha.i.n > 上班族

い しゃ
医者
< i.sha > 醫師

かん ご し
看護師
< ka.n.go.shi > 護士

きょう し
教師
< kyo.o.shi > 教師

せんせい
先生
< se.n.se.e > 老師

がくせい
学生
< ga.ku.se.e > 學生

りゅうがくせい
留学生
< ryu.u.ga.ku.se.e > 留學生

しゃちょう
社長
< sha.cho.o > 社長

ひ しょ
秘書
< hi.sho > 祕書

セールスマン
< se.e.ru.su.ma.n > 業務員

ぎんこういん
銀行員
< gi.n.ko.o.i.n >銀行人員

か しゅ
歌手
< ka.shu > 歌手

のうみん
農民
< no.o.mi.n > 農民

うんてんしゅ
運転手
< u.n.te.n.shu > 駕駛；司機

び よう し
美容師
< bi.yo.o.shi > 美髮設計師

せんぎょうしゅ ふ
専業主婦
< se.n.gyo.o.shu.fu > 家庭主婦

デザイナー
< de.za.i.na.a > 設計師

コック
< ko.k.ku > 廚師

エンジニア
< e.n.ji.ni.a > 工程師

つうやく
通訳
< tsu.u.ya.ku > 口譯人員

さっ か
作家
< sa.k.ka > 作家

03

たしゃ しょうかい
他者を紹介する
介紹他人 ta.sha o sho.o.ka.i.su.ru

這句話最好用！

おっと
わたしの 夫 です。
wa.ta.shi no o.t.to de.su
（這是）我的先生。

套進去説説看

ちち
父 < chi.chi > 父親

むす こ
息子 < mu.su.ko > 兒子

はは
母 < ha.ha > 母親

むすめ
娘 < mu.su.me > 女兒

つま
妻 < tsu.ma > 妻子、太太

まご
孫 < ma.go > 孫子

. . . .

どうりょう
わたしの 同僚 です。
wa.ta.shi no do.o.ryo.o de.su
（這是）我的同事。

じょう し
わたしの 上司 です。
wa.ta.shi no jo.o.shi de.su
（這是）我的上司。

とも
わたしの 友だち です。
wa.ta.shi no to.mo.da.chi de.su
（這是）我的朋友。

022

連日本人都按讚！

① こちらは友だちの京子さんです。
ko.chi.ra wa to.mo.da.chi no kyo.o.ko sa.n de.su
這位是（我的）朋友京子小姐。

② 父は銀行に勤めています。
chi.chi wa gi.n.ko.o ni tsu.to.me.te i.ma.su
父親在銀行上班。

③ 姉はジャーナリストです。
a.ne wa ja.a.na.ri.su.to de.su
姊姊是新聞記者。

④ 彼女はわたしと同じ会社で働いています。
ka.no.jo wa wa.ta.shi to o.na.ji ka.i.sha de ha.ta.ra.i.te i.ma.su
她和我在同一家公司上班。

⑤ 彼は台湾で有名な作家です。
ka.re wa ta.i.wa.n de yu.u.me.e.na sa.k.ka de.su
他在台灣是有名的作家。

⑥ 弟は日本語が少しできます。
o.to.o.to wa ni.ho.n.go ga su.ko.shi de.ki.ma.su
弟弟會一點點日文。

⑦ 彼女は日本語がぺらぺらです。
ka.no.jo wa ni.ho.n.go ga pe.ra.pe.ra de.su
她日文很流利。

生活會話我也會！

わたし： 木村さん、ご紹介します。わたしの母です。

wa.ta.shi　ki.mu.ra sa.n go sho.o.ka.i.shi.ma.su wa.ta.shi no ha.ha de.su

日本人： はじめまして。木村です。

ni.ho.n.ji.n　ha.ji.me.ma.shi.te ki.mu.ra de.su

母： はじめまして。娘がいつもお世話になっています。

ha.ha　ha.ji.me.ma.shi.te mu.su.me ga i.tsu.mo o se.wa ni na.t.te i.ma.su

日本人： こちらこそ。娘さんはバイト先で、
みんなの人気者なんですよ。

ni.ho.n.ji.n　ko.chi.ra ko.so mu.su.me sa.n wa ba.i.to sa.ki de

mi.n.na no ni.n.ki.mo.no.na n de.su yo

母： そうですか。ほっとしました。

ha.ha　so.o de.su ka ho.t.to.shi.ma.shi.ta

わたし： 木村さん、お上手ですね。

wa.ta.shi　ki.mu.ra sa.n o jo.o.zu de.su ne

我：	木村先生，我來介紹。（這是）我的母親。
日本人：	初次見面。我姓木村。
母親：	初次見面。我女兒經常承蒙您的照顧。
日本人：	我才是。您女兒在打工的地方，受到大家的歡迎唷。
母親：	是嗎？那我就放心了。
我：	木村先生，您很會説話喔。

生活單字 吃到飽！

収 銀 台

レシート
< re.shi.i.to > 發票

アルバイト
< a.ru.ba.i.to > 打工

わりびきけん
割引券
< wa.ri.bi.ki ke.n > 折扣券

バイト
< ba.i.to > 打工
（「アルバイト」的省略説法）

クレジットカード
< ku.re.ji.t.to ka.a.do > 信用卡

レジ
< re.ji > 收銀台

キャッシュ
< kya.s.shu > 現金

てんちょう
店長
< te.n.cho.o > 店長

げんきん
現金
< ge.n.ki.n > 現金

ふくてんちょう
副店長
< fu.ku.te.n.cho.o > 副店長

エコバッグ
< e.ko ba.g.gu > 環保袋

じ きゅう
時給
< ji.kyu.u > 時薪

おつり
< o tsu.ri > 找零

にっきゅう
日給
< ni.k.kyu.u > 日薪

メンバーズカード
< me.n.ba.a.zu ka.a.do > 會員卡

げっきゅう
月給
< ge.k.kyu.u > 月薪

バーコード
< ba.a.ko.o.do > 條碼

きゅうりょう
給料
< kyu.u.ryo.o > 薪水

まん び
万引き
< ma.n.bi.ki > 順手牽羊

だい
バイト代
< ba.i.to.da.i > 打工費

あやまる
道歉 a.ya.ma.ru

這句話最好用！

> ### ごめんなさい。
> go.me.n.na.sa.i
> 對不起。

すみません。
su.mi.ma.se.n
不好意思。（比「ごめんなさい」正式的説法）

ごめんね。
go.me.n ne
對不起哦。（用於朋友之間）

申しわけありません。
もう
mo.o.shi.wa.ke a.ri.ma.se.n
非常抱歉。（比「すみません」有禮貌的説法）

たいへん失礼しました。
しつれい
ta.i.he.n shi.tsu.re.e.shi.ma.shi.ta
非常抱歉。（比「すみません」正式的説法）

お許しください。
ゆる
o yu.ru.shi ku.da.sa.i
請原諒我。

MP3 07

連日本人都按讚！

1 わたしが悪（わる）かった。
wa.ta.shi ga wa.ru.ka.t.ta
是我不好。

2 どうか許（ゆる）してください。
do.o.ka yu.ru.shi.te ku.da.sa.i
請見諒。

3 待（ま）たせてごめんね。
ma.ta.se.te go.me.n ne
讓你久等了，對不起哦。

4 お願（ねが）いだから許（ゆる）して。
o ne.ga.i da.ka.ra yu.ru.shi.te
拜託你原諒我。

5 もうしないから。
mo.o shi.na.i ka.ra
再也不會了。

6 ご迷惑（めいわく）をおかけしました。
go me.e.wa.ku o o ka.ke shi.ma.shi.ta
造成您的困擾了。

7 こんなことは二度（にど）とないように気（き）をつけます。
ko.n.na ko.to wa ni.do to na.i yo.o ni ki o tsu.ke.ma.su
我會小心再也不會發生這種事。

生活會話我也會！

· ·

わたし： （となりの人の足を踏んでしまう）あっ、ごめんなさい。

wa.ta.shi　to.na.ri no hi.to no a.shi o fu.n.de shi.ma.u a.t go.me.n.na.sa.i

日本人： いいえ、だいじょうぶです。

ni.ho.n.ji.n　i.i.e da.i.jo.o.bu de.su

わたし： ほんとうにすみません。そうだ。東京駅はどちらですか。

wa.ta.shi　ho.n.to.o ni su.mi.ma.se.n so.o da to.o.kyo.o e.ki wa do.chi.ra de.su ka

日本人： この通りを右に曲がって、まっすぐ行くとありますよ。

ni.ho.n.ji.n　ko.no to.o.ri o mi.gi ni ma.ga.t.te ma.s.su.gu i.ku to a.ri.ma.su yo

わたし： そうですか。どうもありがとうございます。

wa.ta.shi　so.o de.su ka do.o.mo a.ri.ga.to.o go.za.i.ma.su

日本人： どういたしまして。

ni.ho.n.ji.n　do.o.i.ta.shi.ma.shi.te

我： （不小心踩到旁邊的人的腳）啊，對不起。
日本人： 不，沒關係。
我： 真的很抱歉。對了。東京車站在哪裡呢？
日本人： 這條路右轉，直直走就到囉。
我： 是嗎？非常謝謝您。
日本人： 不客氣。

生活單字
吃到飽！

街頭

みぎ
右
< mi.gi > 右邊

ひだり
左
< hi.da.ri > 左邊

まっすぐ
< ma.s.su.gu > 直直地

よこ
横
< yo.ko > 旁邊

となり
< to.na.ri > 隔壁

まえ
前
< ma.e > 前面

うし
後ろ
< u.shi.ro > 後面

かど
角
< ka.do > 角落；轉角

しんごう
信号
< shi.n.go.o > 紅綠燈

ほ どうきょう
歩道橋
< ho.do.o.kyo.o > 天橋

じゅう じ ろ
十字路
< ju.u.ji.ro > 十字路口

どう ろ
道路
< do.o.ro > 道路

おおどお
大通り
< o.o.do.o.ri > 大馬路

がいとう
街灯
< ga.i.to.o > 路燈

てい
バス停
< ba.su.te.e > 公車站

ちゅうしゃじょう
駐車場
< chu.u.sha.jo.o > 停車場

おうだん ほ どう
横断歩道
< o.o.da.n.ho.do.o > 斑馬線

ばこ
ごみ箱
< go.mi.ba.ko > 垃圾桶

ほ どう
歩道
< ho.do.o > 人行道

げ すいどう
下水道
< ge.su.i.do.o > 下水道

05

かんしゃ
感謝する
致謝 ka.n.sha.su.ru

這句話最好用！

ありがとう。
a.ri.ga.to.o
謝謝。

どうも。
do.o.mo
謝啦。

どうもありがとう。
do.o.mo a.ri.ga.to.o
非常謝謝你。

どうもありがとうございます。
do.o.mo a.ri.ga.to.o go.za.i.ma.su
非常謝謝您。

ほんとうにどうもありがとう。
ho.n.to.o.ni do.o.mo a.ri.ga.to.o
真的非常謝謝你。

ほんとうにどうもありがとうございました。
ho.n.to.o.ni do.o.mo a.ri.ga.to.o go.za.i.ma.shi.ta
真的非常謝謝您。

連日本人都按讚！

① ほんとうに助かりました。
ho.n.to.o.ni ta.su.ka.ri.ma.shi.ta
真的幫了我大忙。

② ほんとうにお世話になりました。
ho.n.to.o.ni o se.wa ni na.ri.ma.shi.ta
真的承蒙您的照顧。

③ おかげさまで助かりました。
o.ka.ge.sa.ma.de ta.su.ka.ri.ma.shi.ta
多虧你，幫了我大忙。

④ 先日はお忙しいところ、ありがとうございました。
se.n.ji.tsu wa o i.so.ga.shi.i to.ko.ro a.ri.ga.to.o go.za.i.ma.shi.ta
上一次百忙之中，謝謝您。

⑤ おかげで合格できました。
o.ka.ge.de go.o.ka.ku.de.ki.ma.shi.ta
託您的福，考上了。

⑥ 何とお礼を申しあげればいいのか。
na.n.to o re.e o mo.o.shi.a.ge.re.ba i.i no ka
該如何答謝您才好呢？

⑦ たいへん感謝しています。
ta.i.he.n ka.n.sha.shi.te i.ma.su
非常感謝您。

生活會話我也會！

わたし： ごみの分別方法が分からないんですが……。
ぶんべつほうほう わ

wa.ta.shi　go.mi no bu.n.be.tsu ho.o.ho.o ga wa.ka.ra.na.i n de.su ga

日本人： これをあげます。絵もついているので、
に ほんじん え
分かりやすいと思いますよ。
わ おも

ni.ho.n.ji.n　ko.re o a.ge.ma.su e mo tsu.i.te i.ru no.de
wa.ka.ri.ya.su.i to o.mo.i.ma.su yo

わたし： 便利ですね。ありがとうございます。
べん り

wa.ta.shi　be.n.ri de.su ne a.ri.ga.to.o go.za.i.ma.su

日本人： また分からないことがあったら、
に ほんじん わ
遠慮しないで聞いてくださいね。
えんりょ き

ni.ho.n.ji.n　ma.ta wa.ka.ra.na.i ko.to ga a.t.ta.ra
e.n.ryo.shi.na.i.de ki.i.te ku.da.sa.i ne

わたし： ありがとうございます。これからも、よろしくお願いします。
ねが

wa.ta.shi　a.ri.ga.to.o go.za.i.ma.su ko.re.ka.ra mo yo.ro.shi.ku o ne.ga.i shi.ma.su

日本人： こちらこそ。
に ほんじん

ni.ho.n.ji.n　ko.chi.ra ko.so

我： 我不知道垃圾的分類方法……。
日本人： 這個給你。因為也附上了圖片，所以我想很容易懂喔。
我： 很方便耶。謝謝您。
日本人： 要是還有不懂的地方，請別客氣問我吧。
我： 謝謝您。今後也請多多指教。
日本人： 彼此彼此。

生活單字 吃到飽！

房 間

パソコン
< pa.so.ko.n > 個人電腦

時計（とけい）
< to.ke.e > 時鐘

電話（でんわ）
< de.n.wa > 電話

テレビ
< te.re.bi > 電視

新聞（しんぶん）
< shi.n.bu.n > 報紙

本棚（ほんだな）
< ho.n.da.na > 書櫃

ごみ袋（ぶくろ）
< go.mi.bu.ku.ro > 垃圾袋

テーブル
< te.e.bu.ru > 桌子；茶几；餐桌

じゅうたん
< ju.u.ta.n > 地毯

スピーカー
< su.pi.i.ka.a > 喇叭

たたみ
< ta.ta.mi > 榻榻米

ＤＶＤプレーヤー（ディーブイディー）
< di.i.bu.i.di.i pu.re.e.ya.a >
DVD播放器

リモコン
< ri.mo.ko.n > 遙控器

電気（でんき）
< de.n.ki > 電燈；電力

花瓶（かびん）
< ka.bi.n > 花瓶

ソファー
< so.fa.a > 沙發

ステレオ
< su.te.re.o > 立體音響

机（つくえ）
< tsu.ku.e > 書桌

クッション
< ku.s.sho.n > 靠墊；坐墊

椅子（いす）
< i.su > 椅子

06

ほめる
稱讚 ho.me.ru

這句話最好用！

とても かわいいです ね。
to.te.mo ka.wa.i.i de.su ne
非常可愛耶。

套進去說說看

きれいです
< ki.re.e de.su > 漂亮

すばらしいです
< su.ba.ra.shi.i de.su > 厲害

すてきです
< su.te.ki de.su > 棒

び じん
美人です
< bi.ji.n de.su > 漂亮的人

いいです
< i.i de.su > 好

じょう ず
上手です
< jo.o.zu de.su > 拿手

とても にあっています ね。
to.te.mo ni.a.t.te i.ma.su ne
非常適合耶。

とても よくできています ね。
to.te.mo yo.ku de.ki.te i.ma.su ne
做得非常好耶。

とても センスがいいです ね。
to.te.mo se.n.su ga i.i de.su ne
品味非常好耶。

連日本人都按讚！

1 お目が高いですね。

o me ga ta.ka.i de.su ne

您的眼光真高耶。

2 さすがです。

sa.su.ga de.su

果然是你；真不愧是你。

3 おもしろいです。

o.mo.shi.ro.i de.su

有趣。

4 とてもいい作品だと思います。

to.te.mo i.i sa.ku.hi.n da to o.mo.i.ma.su

（我）覺得是非常好的作品。

5 たいへん気に入りました。

ta.i.he.n ki ni i.ri.ma.shi.ta

非常喜歡。

6 悪くないですね。

wa.ru.ku.na.i de.su ne

不是不好耶。

7 こんなにおいしい料理は食べたことがありません。

ko.n.na.ni o.i.shi.i ryo.o.ri wa ta.be.ta ko.to ga a.ri.ma.se.n

沒吃過這麼好吃的料理。

生活會話我也會！

わたし： すてきなお庭ですね。
wa.ta.shi　su.te.ki.na o ni.wa de.su ne

日本人： そうですか。ありがとうございます。
ni.ho.n.ji.n　so.o de.su ka a.ri.ga.to.o go.za.i.ma.su

わたし： 手入れがたいへんでしょう。
wa.ta.shi　te.i.re ga ta.i.he.n de.sho.o

日本人： そんなことないですよ。毎日、楽しくて……。
ni.ho.n.ji.n　so.n.na ko.to na.i de.su yo ma.i.ni.chi ta.no.shi.ku.te

わたし： このバラ、珍しい色ですね。すごくきれいです。
wa.ta.shi　ko.no ba.ra me.zu.ra.shi.i i.ro de.su ne su.go.ku ki.re.e de.su

日本人： ええ、新種なんですよ。
ni.ho.n.ji.n　e.e shi.n.shu na n de.su yo

我：	很漂亮的庭院耶。
日本人：	是嗎？謝謝您。
我：	照顧很辛苦吧。
日本人：	沒那回事喔。每天很快樂……。
我：	這朵玫瑰花，很少見的顏色耶。超級漂亮。
日本人：	是的，是新的品種喔。

生活單字 吃到飽！

院子

庭
にわ
< ni.wa > 庭院

ホース
< ho.o.su > 水管

じょうろ
< jo.o.ro > 澆花器

植木鉢
うえ き ばち
< u.e.ki.ba.chi > 花盆

シャベル
< sha.be.ru > 鏟子；鐵鍬

花
はな
< ha.na > 花

種
たね
< ta.ne > 種子

木
き
< ki > 樹木

雑草
ざっそう
< za.s.so.o > 雜草

土
つち
< tsu.chi > 土

花だん
か
< ka.da.n > 花壇；花圃

肥料
ひ りょう
< hi.ryo.o > 肥料

蘭
らん
< ra.n > 蘭花

チューリップ
< chu.u.ri.p.pu > 鬱金香

あじさい
< a.ji.sa.i > 繡球花

水仙
すいせん
< su.i.se.n > 水仙花

桜
さくら
< sa.ku.ra > 櫻花

梅
うめ
< u.me > 梅花

カーネーション
< ka.a.ne.e.sho.n > 康乃馨

ラベンダー
< ra.be.n.da.a > 薰衣草

07

賛成、反対する

さんせい　　　はんたい

賛成與反對 sa.n.se.e ha.n.ta.i.su.ru

這句話最好用！

賛成です。

さんせい

sa.n.se.e de.su

贊成。

反対です。

はんたい

ha.n.ta.i de.su

反對。

同意します。

どう　い

do.o.i.shi.ma.su

同意。

それでいいと思います。

おも

so.re de i.i to o.mo.i.ma.su

（我）覺得那樣很好。

問題ないと思います。

もんだい　　　　おも

mo.n.da.i na.i to o.mo.i.ma.su

（我）覺得沒有問題。

悪くないと思います。

わる　　　　　　おも

wa.ru.ku.na.i to o.mo.i.ma.su

（我）覺得沒有不好。

連日本人都按讚！

1 大賛成です。

だいさんせい

da.i sa.n.se.e de.su

非常贊成！

2 大反対です。

だいはんたい

da.i ha.n.ta.i de.su

非常反對！

3 ぜんぜんだめです。

ze.n.ze.n da.me de.su

完全不行。

4 気に入りませんね。

き　い

ki ni i.ri.ma.se.n ne

不喜歡耶。

5 問題だらけです。

もんだい

mo.n.da.i da.ra.ke de.su

問題一大堆。

6 異議あり！

い　ぎ

i.gi a.ri

有異議！

7 再検討すべきです。

さいけんとう

sa.i.ke.n.to.o su.be.ki de.su

應該重新檢討。

生活會話我也會！

· ·

<ruby>先生<rt>せんせい</rt></ruby>： クラス<ruby>旅行<rt>りょこう</rt></ruby>のことですが、<ruby>今年<rt>ことし</rt></ruby>も<ruby>箱根<rt>はこね</rt></ruby>でいいですか。

se.n.se.e ku.ra.su ryo.ko.o no ko.to de.su ga ko.to.shi mo ha.ko.ne de i.i de.su ka

わたし： <ruby>反対<rt>はんたい</rt></ruby>です。

wa.ta.shi ha.n.ta.i de.su

<ruby>先生<rt>せんせい</rt></ruby>： <ruby>陳<rt>ちん</rt></ruby>さん、どうしてですか。

se.n.se.e chi.n sa.n do.o.shi.te de.su ka

わたし： <ruby>夏<rt>なつ</rt></ruby>ですから、<ruby>海<rt>うみ</rt></ruby>に<ruby>行<rt>い</rt></ruby>きたいです。

wa.ta.shi na.tsu de.su ka.ra u.mi ni i.ki.ta.i de.su

<ruby>先生<rt>せんせい</rt></ruby>： ジョンさんはどうですか。

se.n.se.e jo.n sa.n wa do.o de.su ka

ジョン： わたしは<ruby>温泉<rt>おんせん</rt></ruby>が<ruby>好<rt>す</rt></ruby>きですから、<ruby>箱根<rt>はこね</rt></ruby>がいいです。

jo.n wa.ta.shi wa o.n.se.n ga su.ki de.su ka.ra ha.ko.ne ga i.i de.su

---

老師： 有關班級旅行的事，今年也去箱根好嗎？
我： 反對。
老師： 陳同學，為什麼呢？
我： 因為是夏天，所以想去海邊。
老師： John同學覺得呢？
John： 因為我喜歡溫泉，所以箱根比較好。

生活單字 吃到飽！

教室

ドア
< do.a > 門

黒板（こくばん）
< ko.ku.ba.n > 黑板

チョーク
< cho.o.ku > 粉筆

白板（はくばん）
< ha.ku.ba.n > 白板

マーカー
< ma.a.ka.a > 麥克筆；白板筆

ペン
< pe.n > 筆

黒板消し（こくばんけ）
< ko.ku.ba.n.ke.shi > 板擦

ペンケース
< pe.n.ke.e.su > 筆盒

鉛筆（えんぴつ）
< e.n.pi.tsu > 鉛筆

消しゴム（け）
< ke.shi.go.mu > 橡皮擦

ノート
< no.o.to > 筆記本

教科書（きょうかしょ）
< kyo.o.ka.sho > 教科書

辞書（じしょ）
< ji.sho > 辭典

磁石（じしゃく）
< ji.sha.ku > 磁鐵

宿題（しゅくだい）
< shu.ku.da.i > 功課

外国語（がいこくご）
< ga.i.ko.ku.go > 外文

中国語（ちゅうごくご）
< chu.u.go.ku.go > 中文

英語（えいご）
< e.e.go > 英文

フランス語（ご）
< fu.ra.n.su.go > 法文

イタリア語（ご）
< i.ta.ri.a.go > 義大利文

韓国語（かんこくご）
< ka.n.ko.ku.go > 韓文

08

いわ

祝う

祝賀 i.wa.u

這句話最好用！

お誕生日 おめでとう。

たんじょう び

o ta.n.jo.o.bi o.me.de.to.o

祝你生日快樂。

套進去説説看

ご結婚 < go ke.k.ko.n > 結婚
けっこん

ご卒業 < go so.tsu.gyo.o > 畢業
そつぎょう

ご出産 < go shu.s.sa.n > 生産
しゅっさん

ご就職 < go shu.u.sho.ku > 就業
しゅうしょく

ご入学 < go nyu.u.ga.ku > 入學
にゅうがく

ご昇進 < go sho.o.shi.n > 高昇
しょうしん

合格 おめでとう。

ごうかく

go.o.ka.ku o.me.de.to.o

恭喜你考上。

ご退院 おめでとう。

たいいん

go ta.i.i.n o.me.de.to.o

恭喜你出院。

ご開店 おめでとう。

かいてん

go ka.i.te.n o.me.de.to.o

恭喜你開店。

連日本人都按讚！

① いつまでもお幸せに。
i.tsu ma.de mo o shi.a.wa.se ni
祝你永遠幸福。

② お2人の希望に満ちた未来に乾杯。
o fu.ta.ri no ki.bo.o ni mi.chi.ta mi.ra.i ni ka.n.pa.i
為二位充滿希望的未來而乾杯。

③ 心よりお祝いを申しあげます。
ko.ko.ro yo.ri o i.wa.i o mo.o.shi.a.ge.ma.su
由衷地表達祝賀之意。

④ 末永くお幸せに。
su.e.na.ga.ku o shi.a.wa.se ni
祝你永遠幸福。

⑤ メリークリスマス。
me.ri.i ku.ri.su.ma.su
祝你聖誕快樂。

⑥ 明けましておめでとうございます。
a.ke.ma.shi.te o.me.de.to.o go.za.i.ma.su
新年快樂；恭賀新禧。

⑦ よいお年を。
yo.i o to.shi o
祝你擁有美好的一年。

生活會話我也會！

· ·

わたし： ご<ruby>結婚<rt>けっこん</rt></ruby>するそうですね。
wa.ta.shi go ke.k.ko.n.su.ru so.o de.su ne

<ruby>日本人<rt>に ほんじん</rt></ruby>： ええ。
ni.ho.n.ji.n e.e

わたし： おめでとうございます。
wa.ta.shi o.me.de.to.o go.za.i.ma.su

<ruby>日本人<rt>に ほんじん</rt></ruby>： どうもありがとう。<ruby>来月<rt>らいげつ</rt></ruby>の<ruby>結婚式<rt>けっこんしき</rt></ruby>、<ruby>参加<rt>さん か</rt></ruby>してくれますか。
ni.ho.n.ji.n do.o.mo a.ri.ga.to.o ra.i.ge.tsu no ke.k.ko.n.shi.ki sa.n.ka.shi.te ku.re.ma.su ka

わたし： もちろんです。
wa.ta.shi mo.chi.ro.n de.su

<ruby>日本人<rt>に ほんじん</rt></ruby>： じゃ、<ruby>招待状<rt>しょうたいじょう</rt></ruby>を<ruby>送<rt>おく</rt></ruby>りますね。
ni.ho.n.ji.n ja sho.o.ta.i.jo.o o o.ku.ri.ma.su ne

我： 聽説您要結婚喔。
日本人： 是的。
我： 恭喜您。
日本人： 非常謝謝。下個月的婚禮，你可以參加嗎？
我： 當然。
日本人： 那麼，（我）就寄邀請函囉。

MP3 **16**

生活單字 吃到飽！

婚禮

しんろう
新郎
< shi.n.ro.o > 新郎

はなよめ
花嫁
< ha.na.yo.me > 新娘

タキシード
< ta.ki.shi.i.do > 男性晚禮服

ウェディングドレス
< we.di.n.gu do.re.su > 婚紗

ウェディングケーキ
< we.di.n.gu ke.e.ki > 結婚蛋糕

リムジン
< ri.mu.ji.n > 高級轎車

ぼく し
牧師
< bo.ku.shi > 牧師

ヴェール
< ve.e.ru > 頭紗

ブーケ
< bu.u.ke > 捧花

エンゲージリング
< e.n.ge.e.ji ri.n.gu > 訂婚戒指

こんやくゆび わ
婚約指輪
< ko.n.ya.ku yu.bi.wa > 訂婚戒指

ちか
誓い
< chi.ka.i > 誓言

キス
< ki.su > 接吻

らいひん
来賓
< ra.i.hi.n > 來賓

しゅっせき
出席
< shu.s.se.ki > 出席

けっせき
欠席
< ke.s.se.ki > 缺席

スピーチ
< su.pi.i.chi > 致詞

しゅう ぎ ぶくろ
ご祝儀袋
< go shu.u.gi.bu.ku.ro >
祝賀用的紅包袋

プレゼント
< pu.re.ze.n.to > 禮物

ひ ろうえん
披露宴
< hi.ro.o.e.n > 喜宴

09

ねが
お願いする
請求 o ne.ga.i su.ru

這句話最好用！

タバコを吸ってもいいですか。
ta.ba.ko o su.t.te mo i.i de.su ka

可以抽菸嗎？

套進去說說看

しゃしん と
写真を撮って
< sha.shi.n o to.t.te > 拍照

きゅうけい
休憩して
< kyu.u.ke.e.shi.te > 休息

た た
食べものを食べて
< ta.be.mo.no o ta.be.te > 吃東西

おしゃべりをして
< o.sha.be.ri o shi.te > 聊天

の の
飲みものを飲んで
< no.mi.mo.no o no.n.de > 喝飲料

え か
絵を描いて
< e o ka.i.te > 畫畫

み
ノートを見てもいいですか。
no.o.to o mi.te mo i.i de.su ka

可以看筆記本嗎？

そうだん
相談してもいいですか。
so.o.da.n.shi.te mo i.i de.su ka

可以和你商量嗎？

でんわ か
電話を借りてもいいですか。
de.n.wa o ka.ri.te mo i.i de.su ka

可以借電話嗎？

連日本人都按讚！

① お願いがあるんですが……。
o ne.ga.i ga a.ru n de.su ga
有事情想拜託你……。

② 頼みたいことがあるんですが……。
ta.no.mi.ta.i ko.to ga a.ru n de.su ga
有事情想拜託你……。

③ お手伝いしてもらえませんか。
o te.tsu.da.i shi.te mo.ra.e.ma.se.n ka
可以幫忙嗎？

④ 使い方を教えていただけませんか。
tsu.ka.i.ka.ta o o.shi.e.te i.ta.da.ke.ma.se.n ka
您可以教我使用方法嗎？

⑤ ファックスしていただけますか。
fa.k.ku.su.shi.te i.ta.da.ke.ma.su ka
您可以傳真給我嗎？

⑥ お手洗いを借りてもいいですか。
o te.a.ra.i o ka.ri.te mo i.i de.su ka
可以借洗手間嗎？

⑦ いっしょに行っていただけませんか。
i.s.sho ni i.t.te i.ta.da.ke.ma.se.n ka
您可以一起去嗎？

生活會話我也會！

わたし： 渋谷駅までの行き方を教えていただきたいんですが……。
しぶ や えき　　　　　 い かた　　 おし

wa.ta.shi　shi.bu.ya.e.ki ma.de no i.ki.ka.ta o o.shi.e.te i.ta.da.ki.ta.i n de.su ga

日本人： ２つめの信号を左に曲がるとすぐですよ。
に ほん じん　　　　 ふた　　　　 しんごう　 ひだり　 ま

ni.ho.n.ji.n　fu.ta.tsu.me no shi.n.go.o o hi.da.ri ni ma.ga.ru to su.gu de.su yo

わたし： ありがとうございます。
　　　　　 あれっ、 もしかしてモデルのタクヤさんですか。

wa.ta.shi　a.ri.ga.to.o go.za.i.ma.su
　　　　　　 a.re.t mo.shi.ka.shi.te mo.de.ru no ta.ku.ya sa.n de.su ka

日本人： そうですけど、 よく分かりましたね。
に ほん じん　　　　　　　　　　　　 わ

ni.ho.n.ji.n　so.o de.su ke.do yo.ku wa.ka.ri.ma.shi.ta ne

わたし： 雑誌をよく見ますから。
　　　　　 ざっ し　　　 み
　　　　　 よかったら、 写真を撮ってもいいですか。
　　　　　　　　　　　　 しゃしん　 と

wa.ta.shi　za.s.shi o yo.ku mi.ma.su ka.ra
　　　　　　 yo.ka.t.ta.ra sha.shi.n o to.t.te mo i.i de.su ka

日本人： どうぞ。
に ほん じん

ni.ho.n.ji.n　do.o.zo

我：　　　 希望您可以教我到澀谷車站的走法……。
日本人：　第二個紅綠燈左轉馬上就到了喔。
我：　　　 謝謝您。咦，難不成你是模特兒的卓也先生嗎？
日本人：　是沒錯，但怎麼會發現了呢。
我：　　　 因為我常看雜誌。可以的話，可以拍照嗎？
日本人：　請。

生活單字 吃到飽！

商 店

花屋
はな や
< ha.na.ya > 花店

薬屋
くすり や
< ku.su.ri.ya > 藥局

ドラッグストア
< do.ra.g.gu.su.to.a > 藥局

おもちゃ屋
や
< o.mo.cha.ya > 玩具店

警察署
けいさつしょ
< ke.e.sa.tsu.sho > 警察局

交番
こうばん
< ko.o.ba.n > 派出所

パン屋
や
< pa.n.ya > 麵包店

魚屋
さかな や
< sa.ka.na.ya > 魚類專賣店

図書館
と しょかん
< to.sho.ka.n > 圖書館

文房具店
ぶんぼう ぐ てん
< bu.n.bo.o.gu.te.n > 文具店

電器屋
でん き や
< de.n.ki.ya > 電器行

八百屋
や お や
< ya.o.ya > 蔬菜專賣店

肉屋
にく や
< ni.ku.ya > 肉舖

食堂
しょくどう
< sho.ku.do.o > 食堂

家具屋
か ぐ や
< ka.gu.ya > 家具行

映画館
えい が かん
< e.e.ga.ka.n > 電影院

雑貨屋
ざっ か や
< za.k.ka.ya > 雜貨店

酒屋
さか や
< sa.ka.ya > 酒類專賣店

チェーン店
てん
< che.e.n.te.n > 連鎖店

自動販売機
じ どうはんばい き
< ji.do.o.ha.n.ba.i.ki > 自動販賣機

日本人
愛說什麼？

　　生活在台灣的我，經常遇到很多熱情的台灣人，也經常才第一次見面就被問「結婚了沒？」「你住哪裡？」「薪水多少？」「為什麼住台灣？」……。雖然現在已經習慣覺得沒什麼好奇怪的了，但是剛來台灣時真不知道該怎麼回答，也覺得有點煩。總之，在了解台灣人之後會覺得台灣人真可愛，總是想到什麼就問什麼。或許這些問題與「吃飽了沒？」一樣，是打招呼的一種吧。以前不太懂中文時，被問「吃飽了沒？」就會認真回答「還沒。」結果被請吃了好幾頓飯，現在想想自己的臉皮真厚……（笑）。話說到此，如果台灣人愛說「吃飽了沒？」這句話，那麼我們日本人呢？既然了解語言等於了解當地的人一樣，那麼在學習日文的同時，也請感受一下日本人的背後的心吧。日本人愛說：

❶おつかれさまでした。

　　< o tsu.ka.re sa.ma de.shi.ta >；辛苦您了。

　　這是一句日本有上班的人，每天最少會用到一次的日文。我的老外朋友對這句話感到奇怪，他們以為每個日本人都很累，所以才會人人都愛說。但是對在工作上得發揮百分之百的力量去努力的日本社會來說，或許不累就等於沒有認真工作吧。所以這句話就像台灣的「吃飽了沒？」一樣，很好用喔。

② つまらないものですが……。

< tsu.ma.ra.na.i mo.no de.su ga >；

雖然是不值錢的東西，但……。

　　這是日本人表示謙虛，在送禮時會說的一句話。但據說隨著時代變化，年輕人不喜歡謙虛，反而會直接說「おいしいですから、どうぞ」（< o.i.shi.i de.su ka.ra do.o.zo >；因為好吃，請用。）等。其實哪一句好，見仁見智，用心最重要啦。

③ いってきます。< i.t.te.ki.ma.su >；我出門了。

　　ただいま。< ta.da.i.ma >；我回來了。

　　個人覺得這句話與日本人的團結精神有關係。日本人喜歡報告事情，像是我在做什麼、我要做什麼、我做了什麼等等，都會鉅細靡遺地說出來。像這樣藉由報告讓對方知道所有的事情，不但個人能把握狀況，團體生活也不會亂。

　　天氣變涼，愛貓特別喜歡趴在熱熱的筆電上睡覺。所以通常我會把面板蓋好，免得被牠刪掉內容。但常常去泡澡就忘了蓋，回來之後發現愛貓已經幫我打好字，而且以一副似乎在說：「你看，你每天愁眉苦臉寫稿，我一下就寫完。」的表情睡著了。貓咪，可以的話，我也想拜託你。但你會答應我說：「剩下的我來就好」嗎？

Tomoko：じゃ、よろしくね。

< ja yo.ro.shi.ku ne >

那就麻煩你了。

おてつだいしたよ：我已經幫妳忙囉

にゃん：喵

ほめてね：誇獎我吧

Unit 02

にほんじん
[日本人とつきあう

ni.ho.n.ji.n to tsu.ki.a.u
交日本朋友

でんわ
電話をかける
打電話 de.n.wa o ka.ke.ru

這句話最好用！

もしもし、**夜分** に恐れ入ります。
やぶん　おそ　い
mo.shi.mo.shi ya.bu.n ni o.so.re.i.ri.ma.su
喂，夜裡（打來）不好意思。

套進去説説看

よるおそ
夜遅く
< yo.ru o.so.ku > 大半夜

よなか
夜中
< yo.na.ka > 半夜

あさはや
朝早く
< a.sa ha.ya.ku > 一大早

よ あ
夜明け
< yo.a.ke > 黎明

そうちょう
早朝
< so.o.cho.o > 清晨

しん や
深夜
< shi.n.ya > 深夜

もしもし、**お食事時** に 恐れ入ります。
しょく じ どき　おそ　い
mo.shi.mo.shi o sho.ku.ji do.ki ni o.so.re.i.ri.ma.su
喂，用餐時間（打來）不好意思。

もしもし、**お昼休み中** に 恐れ入ります。
ひるやす　ちゅう　おそ　い
mo.shi.mo.shi o hi.ru.ya.su.mi chu.u ni o.so.re.i.ri.ma.su
喂，午休時間（打來）不好意思。

もしもし、**お仕事中** に 恐れ入ります。
し ごとちゅう　おそ　い
mo.shi.mo.shi o shi.go.to chu.u ni o.so.re.i.ri.ma.su
喂，工作時間（打來）不好意思。

連日本人都按讚！

❶ もしもし、岡村さんのお宅ですか。

mo.shi.mo.shi o.ka.mu.ra sa.n no o ta.ku de.su ka

喂，請問是岡村先生的家嗎？

❷ 夕子さんはいらっしゃいますか。

yu.u.ko sa.n wa i.ra.s.sha.i.ma.su ka

請問夕子小姐在嗎？

❸ 拓哉くんをお願いします。

ta.ku.ya ku.n o o ne.ga.i shi.ma.su

麻煩（找）拓哉同學。

❹ 伝言をお願いできますか。

de.n.go.n o o ne.ga.i de.ki.ma.su ka

可以麻煩您留言嗎？

❺ 急用なんですが……。

kyu.u.yo.o na n de.su ga

因為是急事……。

❻ またあとでかけ直します。

ma.ta a.to de ka.ke.na.o.shi.ma.su

等一下再重打。

❼ 人事部の山本さんにつないでいただけますか。

ji.n.ji bu no ya.ma.mo.to sa.n ni tsu.na.i.de i.ta.da.ke.ma.su ka

能幫我接人事部的山本先生嗎？

生活會話我也會！

わたし： もしもし、早朝に恐れ入ります。
そうちょう おそ い
陳と申しますが、洋子さんはいらっしゃいますか。
ちん もう ようこ

wa.ta.shi　　mo.shi.mo.shi so.o.cho.o ni o.so.re.i.ri.ma.su

chi.n to mo.o.shi.ma.su ga yo.o.ko sa.n wa i.ra.s.sha.i.ma.su ka

日本人： 洋子はもう出かけちゃいましたけど……。
に ほんじん ようこ で

ni.ho.n.ji.n　　yo.o.ko wa mo.o de.ka.ke.cha.i.ma.shi.ta ke.do

わたし： えっ、もうですか。

wa.ta.shi　　e.t mo.o de.su ka

日本人： ええ、会議があるとか言って……。
に ほんじん かいぎ い

ni.ho.n.ji.n　　e.e ka.i.gi ga a.ru to.ka i.t.te

わたし： じつはその会議が中止になっちゃいまして。
かいぎ ちゅうし

wa.ta.shi　　ji.tsu wa so.no ka.i.gi ga chu.u.shi ni na.c.cha.i.ma.shi.te

日本人： そうですか。
に ほんじん
すみませんが、携帯のほうに電話してもらえますか。
けいたい でんわ

ni.ho.n.ji.n　　so.o de.su ka

su.mi.ma.se.n ga ke.e.ta.i no ho.o ni de.n.wa.shi.te mo.ra.e.ma.su ka

---

我： 喂，一大早（打來）不好意思。
敝姓陳，請問洋子小姐在嗎？

日本人： 洋子已經出門了……。

我： 咦？已經（出門了）嗎？

日本人： 是的，她説有會議什麼的……。

我： 其實那個會議取消了。

日本人： 是嗎？不好意思，可以請您打電話到她手機嗎？

生活單字
吃到飽！

電話料金
でん わ りょうきん
< de.n.wa ryo.o.ki.n > 電話費

携帯電話
けいたいでん わ
< ke.e.ta.i de.n.wa > 手機

携帯
けいたい
< ke.e.ta.i > 手機
（「携帯電話」的簡稱）
けいたいでん わ

国際電話
こくさいでん わ
< ko.ku.sa.i de.n.wa > 國際電話

市内電話
し ないでん わ
< shi.na.i de.n.wa > 市內電話

長距離電話
ちょうきょ り でん わ
< cho.o.kyo.ri de.n.wa > 長途電話

メッセージ
< me.s.se.e.ji > 留言

指名通話
し めいつう わ
< shi.me.e tsu.u.wa >
指定接聽者的電話

コレクトコール
< ko.re.ku.to ko.o.ru >
對方付費的電話

用件
ようけん
< yo.o.ke.n > 事情

話し中
はな ちゅう
< ha.na.shi chu.u > 電話中

電波
でん ぱ
< de.n.pa > 電波

Skype
スカイプ
< su.ka.i.pu > Skype

マナーモード
< ma.na.a mo.o.do > 震動模式

電源
でんげん
< de.n.ge.n > 電源

ショートメール
< sho.o.to me.e.ru > 簡訊

LINE
ライン
< ra.i.n > LINE

設定
せってい
< se.t.te.e > 設定

スマートフォン
< su.ma.a.to.fo.n > 智慧型手機

タッチパネル
< ta.c.chi.pa.ne.ru > 觸控螢幕

電 話 1

UNIT 02
交日本朋友

MP3 20

02

でんわ　　　で
電話に出る
接電話 de.n.wa ni de.ru

這句話最好用！

がいしゅつちゅう
あいにく 外出中 なんですが……。
a.i.ni.ku ga.i.shu.tsu chu.u na n de.su ga
不巧，（他）外出中……。

套進去説説看

でんわちゅう
電話中
< de.n.wa chu.u > 電話中

ひるやす
昼休み
< hi.ru.ya.su.mi > 午休

ふ ざい
不在
< fu.za.i > 不在；不在家

かい ぎ ちゅう
会議中
< ka.i.gi chu.u > 會議中

きゅうけいちゅう
休憩中
< kyu.u.ke.e chu.u > 休息中

しゅっちょうちゅう
出張中
< shu.c.cho.o chu.u > 出差中

やす
あいにく お休み なんですが……。
a.i.ni.ku o ya.su.mi na n de.su ga
不巧，（他）休假中……。

にゅういんちゅう
あいにく 入院中 なんですが……。
a.i.ni.ku nyu.u.i.n chu.u na n de.su ga
不巧，（他）住院中……。

と こ ちゅう
あいにく 取り込み中 なんですが……。
a.i.ni.ku to.ri.ko.mi chu.u na n de.su ga
不巧，（他）正在忙碌當中……。

連日本人都按讚！

1 どちら様ですか。
do.chi.ra sa.ma de.su ka
您是哪一位呢？

2 少々お待ちください。
sho.o.sho.o o ma.chi ku.da.sa.i
請稍微等一下。

3 どのようなご用件でしょうか。
do.no yo.o.na go yo.o.ke.n de.sho.o ka
有什麼樣的事呢？

4 電波が遠いようなんですが……。
de.n.pa ga to.o.i yo.o.na n de.su ga
收訊好像不好……。

5 よく聞き取れないんですが……。
yo.ku ki.ki.to.re.na.i n de.su ga
聽不太清楚……。

6 いたずら電話はやめてください。
i.ta.zu.ra de.n.wa wa ya.me.te ku.da.sa.i
請停止（再打）惡作劇的電話。

7 電波が届きません。
de.n.pa ga to.do.ki.ma.se.n
無法收訊。

02 電話に出る
接電話

生活會話我也會！

日本人： もしもし、三田物産の鈴木と申しますが、
店長さんはいらっしゃいますか。

ni.ho.n.ji.n　mo.shi.mo.shi mi.ta bu.s.sa.n no su.zu.ki to mo.o.shi.ma.su ga
te.n.cho.o sa.n wa i.ra.s.sha.i.ma.su ka

わたし： あいにく出かけているんですが……。

wa.ta.shi　a.i.ni.ku de.ka.ke.te i.ru n de.su ga

日本人： 何時ごろお戻りですか。

ni.ho.n.ji.n　na.n.ji go.ro o mo.do.ri de.su ka

わたし： おそらく３時ごろになると思いますが……。

wa.ta.shi　o.so.ra.ku sa.n.ji go.ro ni na.ru to o.mo.i.ma.su ga

日本人： そうですか。じゃ、そのころまたお電話します。

ni.ho.n.ji.n　so.o de.su ka ja so.no ko.ro ma.ta o de.n.wa.shi.ma.su

わたし： 申しわけございません。

wa.ta.shi　mo.o.shi.wa.ke go.za.i.ma.se.n

日本人： 喂，我是三田物產的鈴木，請問店長在嗎？
我： 不巧，（他）正外出……。
日本人： 大約幾點回來呢？
我： 我想恐怕要三點左右吧……。
日本人： 是嗎？那麼，那時候（我）再打電話過來。
我： 非常抱歉。

生活單字 吃到飽！

電話 **2**

受信
じゅしん
< ju.shi.n > 收訊；接收

私用電話
しようでんわ
< shi.yo.o de.n.wa > 私人電話

公衆電話
こうしゅうでんわ
< ko.o.shu.u de.n.wa > 公共電話

テレホンカード
< te.re.ho.n ka.a.do > 電話卡

プリペイドカード
< pu.ri.pe.e.do ka.a.do > 電話預付卡

在宅
ざいたく
< za.i.ta.ku > 在家

お宅
たく
< o ta.ku > 貴府

連絡する
れんらく
< re.n.ra.ku.su.ru > 聯絡

アプリ
< a.pu.ri > 應用程式、APP

メーカー
< me.e.ka.a > 品牌

月額
げつがく
< ge.tsu.ga.ku > 月費

無線LAN
むせん ラン
< mu.se.n ra.n > 無線區域網路

Wi-Fi
ワイ ファイ
< wa.i.fa.i > 無線區域網路

ユーザー
< yu.u.za.a > 使用者

ニーズ
< ni.i.zu > 需求

新モデル
しん
< shi.n mo.de.ru > 新型

旧モデル
きゅう
< kyu.u mo.de.ru > 舊型

発売
はつばい
< ha.tsu.ba.i > 發售；出售

サービス
< sa.a.bi.su > 服務

アフターサービス
< a.fu.ta.a sa.a.bi.su > 售後服務

03

まちがい電話をする

打錯電話 ma.chi.ga.i de.n.wa o su.ru

這句話最好用！

すみません、まちがえました。
su.mi.ma.se.n ma.chi.ga.e.ma.shi.ta
不好意思，打錯了。

ごめんなさい、まちがえました。
go.me.n.na.sa.i ma.chi.ga.e.ma.shi.ta
對不起，打錯了。

たいへん失礼しました。
ta.i.he.n shi.tsu.re.e.shi.ma.shi.ta
非常抱歉。

お宅の番号は１０００-８２８２ですか。
o ta.ku no ba.n.go.o wa i.chi.ze.ro.ze.ro.ze.ro no ha.chi.ni.ha.chi.ni de.su ka
貴府的號碼是1000-8282嗎？

すみません、番号を確認してみます。
su.mi.ma.se.n ba.n.go.o o ka.ku.ni.n.shi.te mi.ma.su
不好意思，我確認號碼看看。

わたしはよく番号を押しまちがえてしまいます。
wa.ta.shi wa yo.ku ba.n.go.o o o.shi.ma.chi.ga.e.te shi.ma.i.ma.su
我經常不小心按錯號碼。

連日本人都按讚！

1 そういう名前の者はおりませんが……。

so.o i.u na.ma.e no mo.no wa o.ri.ma.se.n ga

（這裡）沒有那種名字的人……。

2 電話番号をご確認ください。

de.n.wa ba.n.go.o o go ka.ku.ni.n ku.da.sa.i

請確認電話號碼。

3 いい加減にしてください。

i.i ka.ge.n ni shi.te ku.da.sa.i

請適可而止。

4 電話会社に問い合わせてみます。

de.n.wa ga.i.sha ni to.i.a.wa.se.te mi.ma.su

問電話公司看看。

5 無言電話はもっと困ります。

mu.go.n de.n.wa wa mo.t.to ko.ma.ri.ma.su

無聲電話更困擾。

6 まちがい電話が多いので、いつも留守電にしておきます。

ma.chi.ga.i de.n.wa ga o.o.i no.de i.tsu.mo ru.su.de.n ni shi.te o.ki.ma.su

因為常有人打錯電話，所以總是設定成語音信箱。

7 登録していない人からの電話には出ないようにしています。

to.o.ro.ku.shi.te i.na.i hi.to ka.ra no de.n.wa ni wa de.na.i yo.o ni shi.te i.ma.su

沒有登錄（過電話）的人打來的電話，決定不接。

生活會話我也會！

わたし： もしもし、高橋さんのお宅ですか。
wa.ta.shi mo.shi.mo.shi ta.ka.ha.shi sa.n no o ta.ku de.su ka

日本人： いいえ、ちがいます。まちがい電話じゃないですか。
ni.ho.n.ji.n i.i.e chi.ga.i.ma.su ma.chi.ga.i de.n.wa ja na.i de.su ka

わたし： すみません、そちらは９８７６-５４３２じゃありませんか。
wa.ta.shi su.mi.ma.se.n so.chi.ra wa kyu.u.ha.chi.na.na.ro.ku no go.yo.n.sa.n.ni ja a.ri.ma.se.n ka

日本人： いいえ、こちらは９８７６-４５３２です。
ni.ho.n.ji.n i.i.e ko.chi.ra wa kyu.u.ha.chi.na.na.ro.ku no yo.n.go.sa.n.ni de.su

わたし： たいへん失礼しました。
wa.ta.shi ta.i.he.n shi.tsu.re.e.shi.ma.shi.ta

日本人： いいえ。
ni.ho.n.ji.n i.i.e

我： 喂，請問是高橋先生的家嗎？
日本人： 不，不對。是不是打錯電話啊？
我： 不好意思，您那裡不是9876-5432嗎？
日本人： 不，這裡是9876-4532。
我： 非常抱歉。
日本人： 不會。

生活單字 吃到飽！

めいわくでん わ
迷惑電話
< me.e.wa.ku de.n.wa > 騷擾電話

きょうはくでん わ
脅迫電話
< kyo.o.ha.ku de.n.wa > 恐嚇電話

わいせつでん わ
猥褻電話
< wa.i.se.tsu de.n.wa > 猥褻電話

そう さ
操作
< so.o.sa > 操作

ミス
< mi.su > 錯誤

おぼ
覚えちがい
< o.bo.e.chi.ga.i > 記錯

つう わ き ろく
通話記録
< tsu.u.wa ki.ro.ku > 通話紀錄

でん わ かんゆうはんばい
電話勧誘販売
< de.n.wa ka.n.yu.u ha.n.ba.i > 電話直銷

フリーダイヤル
< fu.ri.i da.i.ya.ru > 免費電話

ファックス
< fa.k.ku.su > 傳真

こわ
怖い
< ko.wa.i > 恐怖的

ふ しんでん わ
不審電話
< fu.shi.n de.n.wa > 可疑電話

ひゃくとおばん
１１０番
< hya.ku.to.o.ba.n > 110
（匪警電話號碼）

ひゃくじゅうきゅうばん
１１９番
< hya.ku.ju.u.kyu.u.ba.n > 119
（火警電話號碼）

きんきゅうでん わ
緊急電話
< ki.n.kyu.u de.n.wa > 緊急電話

ふ こ さ ぎ
振り込め詐欺
< fu.ri.ko.me sa.gi > 匯款詐騙

ひ がいしゃ
被害者
< hi.ga.i.sha > 受害者

か がいしゃ
加害者
< ka.ga.i.sha > 加害者

ちゃくしんきょ ひ
着信拒否
< cha.ku.shi.n kyo.hi > 拒絕來電

でん わ かいせん
電話回線
< de.n.wa ka.i.se.n > 電話線路

04

やくそく
約束する

約定 ya.ku.so.ku.su.ru

這句話最好用！

待ち合わせ場所は 駅の東口 でいいですか。
ま　あ　　　　　ば しょ　　　えき　ひがしぐち

ma.chi.a.wa.se ba.sho wa e.ki no hi.ga.shi.gu.chi de i.i de.su ka

碰面的地方（約）在車站的東口好嗎？

套進去説説看 ➤

がっこう
学校
< ga.k.ko.o > 學校

あきやましょてん
秋山書店
< a.ki.ya.ma sho.te.n > 秋山書店

こうまえ
ハチ公前 < ha.chi.ko.o ma.e > 八公前
（日本東京澀谷車站前「八公」忠犬雕像的前面）

ホテルのロビー
< ho.te.ru no ro.bi.i > 飯店的大廳

ちか　　　こうえん
近くの公園
< chi.ka.ku no ko.o.e.n > 附近的公園

いつものところ
< i.tsu.mo no to.ko.ro > 老地方

待ち合わせ場所は 駅の改札口 でいいですか。
ま　あ　　　　　ば しょ　　　えき　かいさつぐち

ma.chi.a.wa.se ba.sho wa e.ki no ka.i.sa.tsu.gu.chi de i.i de.su ka

碰面地方（約）在車站的剪票口好嗎？

待ち合わせ場所は 動物園の入口 でいいですか。
ま　あ　　　　　ば しょ　　　どうぶつえん　いりぐち

ma.chi.a.wa.se ba.sho wa do.o.bu.tsu.e.n no i.ri.gu.chi de i.i de.su ka

碰面地方（約）在動物園的入口好嗎？

待ち合わせ場所は 喫茶店の中 でいいですか。
ま　あ　　　　　ば しょ　　　きっさてん　なか

ma.chi.a.wa.se ba.sho wa ki.s.sa.te.n no na.ka de i.i de.su ka

碰面地方（約）在咖啡廳裡面好嗎？

連日本人都按讚！

1 週末、いっしょに出かけませんか。
shu.u.ma.tsu i.s.sho ni de.ka.ke.ma.se.n ka
週末要不要一起出去呢？

2 いつがいいですか。
i.tsu ga i.i de.su ka
什麼時候好呢？

3 いつでもいいですよ。
i.tsu de.mo i.i de.su yo
隨時都可以喔。

4 今週は忙しいので、来週以降にしてください。
ko.n.shu.u wa i.so.ga.shi.i no.de ra.i.shu.u i.ko.o ni shi.te ku.da.sa.i
這星期很忙，所以請約在下星期以後。

5 スケジュール帳を確認してみます。
su.ke.ju.u.ru.cho.o o ka.ku.ni.n.shi.te mi.ma.su
確認行程手冊看看。

6 そちらの都合に合わせます。
so.chi.ra no tsu.go.o ni a.wa.se.ma.su
配合您的情況。

7 スケジュールを調整してから連絡します。
su.ke.ju.u.ru o cho.o.se.e.shi.te ka.ra re.n.ra.ku.shi.ma.su
調整行程後再與你聯絡。

生活會話我也會！

わたし： 今度の土よう日、いっしょに動物園に行きませんか。

wa.ta.shi　ko.n.do no do.yo.o.bi i.s.sho ni do.o.bu.tsu.e.n ni i.ki.ma.se.n ka

日本人： いいですね。スケジュール帳を確認してみます。
　　　　 ああ、その日は午前中、お客様と会うことになっていました。

ni.ho.n.ji.n　i.i de.su ne su.ke.ju.u.ru.cho.o o ka.ku.ni.n.shi.te mi.ma.su

　　　　　　 a.a so.no hi wa go.ze.n.chu.u o kya.ku sa.ma to a.u ko.to ni na.t.te i.ma.shi.ta

わたし： じゃ、午後2時くらいはどうですか。

wa.ta.shi　ja go.go ni.ji ku.ra.i wa do.o de.su ka

日本人： それだったら、だいじょうぶだと思います。

ni.ho.n.ji.n　so.re da.t.ta.ra da.i.jo.o.bu da to o.mo.i.ma.su

わたし： 待ち合わせ場所は動物園の入口でいいですか。

wa.ta.shi　ma.chi.a.wa.se ba.sho wa do.o.bu.tsu.e.n no i.ri.gu.chi de i.i de.su ka

日本人： ええ、だいじょうぶです。

ni.ho.n.ji.n　e.e da.i.jo.o.bu de.su

我：	這個星期六，要不要一起去動物園呢？
日本人：	好耶。（我）確認行程手冊看看。
	啊，那一天上午和客人約好要見面了。
我：	那麼，下午二點左右如何呢？
日本人：	我想那樣的話，應該沒問題。
我：	碰面地方（約）在動物園的入口好嗎？
日本人：	是的，沒問題。

生活單字 吃到飽！

 動 物 園

パンダ
< pa.n.da > 貓熊

しまうま
< shi.ma.u.ma > 斑馬

ライオン
< ra.i.o.n > 獅子

ぞう
< zo.o > 大象

とら
< to.ra > 老虎

ゴリラ
< go.ri.ra > 大猩猩

コアラ
< ko.a.ra > 無尾熊

ペンギン
< pe.n.gi.n > 企鵝

くま
熊
< ku.ma > 熊

チーター
< chi.i.ta.a > 獵豹

カンガルー
< ka.n.ga.ru.u > 袋鼠

く じゃく
孔雀
< ku.ja.ku > 孔雀

さる
猿
< sa.ru > 猴子

か ば
河馬
< ka.ba > 河馬

きりん
< ki.ri.n > 長頸鹿

わに
< wa.ni > 鱷魚

おり
檻
< o.ri > 獸籠

さく
柵
< sa.ku > 柵欄；圍欄

えんちょう
園長
< e.n.cho.o > 園長

し いくいん
飼育員
< shi.i.ku.i.n > 飼養人員

交日本朋友 UNIT｜02

05

メールをやりとりする

收發電子郵件 me.e.ru o ya.ri.to.ri.su.ru

這句話最好用！

アウトルック
Outlook が使えますか。

a.u.to.ru.k.ku ga tsu.ka.e.ma.su ka

會用Outlook嗎？

套進去説説看

ウィンドウズ
Windows
< wi.n.do.o.zu > Windows

ワード
Word
< wa.a.do > Word

マック
Mac
< ma.k.ku > Mac

エクセル
Excel
< e.ku.se.ru > Excel

オフィス
Office
< o.fi.su > Office

パワー　　ポイント
Power Point
< pa.wa.a po.i.n.to > Power Point

画像編集ソフト が使えますか。

ga.zo.o he.n.shu.u so.fu.to ga tsu.ka.e.ma.su ka

會用圖像編輯軟體嗎？

イラスト作成ソフト が使えますか。

i.ra.su.to sa.ku.se.e so.fu.to ga tsu.ka.e.ma.su ka

會用繪圖軟體嗎？

動画編集ソフト が使えますか。

do.o.ga he.n.shu.u so.fu.to ga tsu.ka.e.ma.su ka

會用動畫編輯軟體嗎？

連日本人都按讚！

1 メールアドレスを教えてください。
me.e.ru a.do.re.su o o.shi.e.te ku.da.sa.i
請告訴我電子郵件地址。

2 ファイルが開けません。
fa.i.ru ga hi.ra.ke.ma.se.n
檔案打不開。

3 文字化けしちゃってるんですが……。
mo.ji.ba.ke.shi.cha.t.te.ru n de.su ga
出現亂碼……。

4 迷惑メールが多くて困っています。
me.e.wa.ku me.e.ru ga o.o.ku.te ko.ma.t.te i.ma.su
垃圾郵件多，令人困擾。

5 ファイルが添付されていません。
fa.i.ru ga te.n.pu.sa.re.te i.ma.se.n
沒有附加檔案。

6 パソコンがウイルスに感染してしまいました。
pa.so.ko.n ga u.i.ru.su ni ka.n.se.n.shi.te shi.ma.i.ma.shi.ta
個人電腦感染病毒了。

7 再インストールする必要があります。
sa.i i.n.su.to.o.ru.su.ru hi.tsu.yo.o ga a.ri.ma.su
需要重新安裝。

生活會話我也會！

わたし： パソコンをなさるんですか。

wa.ta.shi　pa.so.ko.n o na.sa.ru n de.su ka

日本人： ええ、アメリカにいる孫に勧められて。
　　　　 パソコンがあれば、便利だよって。

ni.ho.n.ji.n　e.e a.me.ri.ka ni i.ru ma.go ni su.su.me.ra.re.te
　　　　　　 pa.so.ko.n ga a.re.ba be.n.ri.da yo t.te

わたし： これ、Excelですよね。これも使えるんですか。

wa.ta.shi　ko.re e.ku.se.ru de.su yo ne ko.re mo tsu.ka.e.ru n de.su ka

日本人： 最初は難しかったですけど、
　　　　 使えるようになると楽しいですよ。

ni.ho.n.ji.n　sa.i.sho wa mu.zu.ka.shi.ka.t.ta de.su ke.do
　　　　　　 tsu.ka.e.ru yo.o ni na.ru to ta.no.shi.i de.su yo

わたし： わたしでも使えないのに……。

wa.ta.shi　wa.ta.shi de.mo tsu.ka.e.na.i no ni

日本人： 同級生に頼まれたんです。

ni.ho.n.ji.n　do.o.kyu.u.se.e ni ta.no.ma.re.ta n de.su

我：	您在用個人電腦嗎？
日本人：	是的，被在美國的孫子勸告（要用）。
	他說有個人電腦的話，很方便喔。
我：	這個，是Excel吧。這個也會用嗎？
日本人：	雖然一開始很難，但一旦學會，很好玩喔。
我：	（這個）連我都不會用……。
日本人：	被同學拜託（幫忙做表格）的。

生活單字 吃到飽！

電子郵件

パスワード
< pa.su.wa.a.do > 密碼

メルアド
< me.ru.a.do > 電子郵件地址
（「メールアドレス」的簡稱）

マイドキュメント
< ma.i.do.kyu.me.n.to > 我的文件

添付ファイル
てんぷ
< te.n.pu fa.i.ru > 附加檔案

ハードウェア
< ha.a.do.we.a > 硬體

送信
そうしん
< so.o.shi.n > 寄信

サーバー
< sa.a.ba.a > 伺服器

受信
じゅしん
< ju.shi.n > 收信

ごみ箱
ばこ
< go.mi.ba.ko > 資源回收筒

返信
へんしん
< he.n.shi.n > 回信

フリーソフト
< fu.ri.i so.fu.to > 免費軟體

転送
てんそう
< te.n.so.o > 轉寄

データ
< de.e.ta > 資料

削除
さくじょ
< sa.ku.jo > 刪除

ダウンロード
< da.u.n.ro.o.do > 下載

スパム
< su.pa.mu > 垃圾郵件
（和「迷惑メール」類似的意思）
めいわく

バージョンアップ
< ba.a.jo.n a.p.pu > 版本升級

ブログ
< bu.ro.gu > 部落格

システムダウン
< shi.su.te.mu.da.u.n > 系統當機

プロバイダー
< pu.ro.ba.i.da.a > 網路服務供應商

06

手紙を出す
寄信 te.ga.mi o da.su

這句話最好用！

手紙 の書き方を教えてもらいました。
te.ga.mi no ka.ki.ka.ta o o.shi.e.te mo.ra.i.ma.shi.ta
請別人教我書信的寫法了。

套進去說說看

年賀はがき
< ne.n.ga ha.ga.ki > 賀年卡

残暑見舞い
< za.n.sho.mi.ma.i > 殘暑問候卡

暑中見舞い
< sho.chu.u.mi.mi.ma.i > 暑期問候卡

寒中見舞い
< ka.n.chu.u.mi.ma.i > 隆冬問候卡

クリスマスカード
< ku.ri.su.ma.su ka.a.do > 聖誕卡

ビジネスレター
< bi.ji.ne.su re.ta.a > 商用書信

お礼の手紙 の書き方を教えてもらいました。
o re.e no te.ga.mi no ka.ki.ka.ta o o.shi.e.te mo.ra.i.ma.shi.ta
請別人教我感謝函的寫法了。

はがき の書き方を教えてもらいました。
ha.ga.ki no ka.ki.ka.ta o o.shi.e.te mo.ra.i.ma.shi.ta
請別人教我明信片的寫法了。

封筒 の書き方を教えてもらいました。
fu.u.to.o no ka.ki.ka.ta o o.shi.e.te mo.ra.i.ma.shi.ta
請別人教我信封的寫法了。

連日本人都按讚！

① 記念切手を買いたいんですが……。

ki.ne.n ki.t.te o ka.i.ta.i n de.su ga

想買紀念郵票……。

② 船便だと台湾まで何日かかりますか。

fu.na.bi.n da to ta.i.wa.n ma.de na.n.ni.chi ka.ka.ri.ma.su ka

如果海運的話，到台灣要花幾天呢？

③ 急ぎなので、一番早い便でお願いします。

i.so.gi na no.de i.chi.ba.n ha.ya.i bi.n de o ne.ga.i shi.ma.su

因為很急，所以麻煩用最快速的郵件。

④ 航空便と船便の値段はどのくらいちがいますか。

ko.o.ku.u.bi.n to fu.na.bi.n no ne.da.n wa do.no ku.ra.i chi.ga.i.ma.su ka

空運和海運的價錢，大約差多少呢？

⑤ 書留でお願いします。

ka.ki.to.me de o ne.ga.i shi.ma.su

麻煩用掛號信。

⑥ 速達だといくらかかりますか。

so.ku.ta.tsu da to i.ku.ra ka.ka.ri.ma.su ka

限時郵件的話，需要花多少錢呢？

⑦ 年賀はがきを５８枚ください。

ne.n.ga ha.ga.ki o go.ju.u.ha.chi.ma.i ku.da.sa.i

請給我五十八張賀年卡。

生活會話我也會！

. . . .

日本人： 陳さん、手紙の書き方が上手ですね。
にほんじん

ni.ho.n.ji.n　chi.n sa.n te.ga.mi no ka.ki.ka.ta ga jo.o.zu de.su ne

わたし： バイトの仲間に教えてもらったんです。
なかま おし

wa.ta.shi　ba.i.to no na.ka.ma ni o.shi.e.te mo.ra.t.ta n de.su

日本人： でも、日本の手紙の書き方はめんどくさいでしょう。
にほんじん　　　にほん てがみ か かた

ni.ho.n.ji.n　de.mo ni.ho.n no te.ga.mi no ka.ki.ka.ta wa me.n.do.ku.sa.i de.sho.o

わたし： そうですけど、もらうとうれしいですから。

wa.ta.shi　so.o de.su ke.do mo.ra.u to u.re.shi.i de.su ka.ra

日本人： じゃ、わたしも陳さんに手紙を書きます。
にほんじん　　　　　　ちん てがみ か

ni.ho.n.ji.n　ja wa.ta.shi mo chi.n sa.n ni te.ga.mi o ka.ki.ma.su

わたし： うれしいです。楽しみにしています。
たの

wa.ta.shi　u.re.shi.i de.su ta.no.shi.mi ni shi.te i.ma.su

日本人： 陳小姐，妳書信的寫法很高明喔。
我： 我請打工的朋友教我的。
日本人： 但是，日本書信的寫法很麻煩吧。
我： 雖然沒錯，但因為收到時很開心。
日本人： 那麼，我也寫信給陳小姐。
我： 好高興。（我）很期待。

生活單字 吃到飽！

絵はがき
< e ha.ga.ki > 有圖畫或照片的明信片

往復はがき
< o.o.fu.ku ha.ga.ki > 往返明信片
（有附回覆明信片的明信片）

国際郵便
< ko.ku.sa.i yu.u.bi.n > 國際郵件

国際スピード郵便
< ko.ku.sa.i su.pi.i.do yu.u.bi.n >
國際快速郵件（EMS）

エコノミー郵便
< e.ko.no.mi.i yu.u.bi.n >
經濟郵件（SAL）

郵便番号
< yu.u.bi.n ba.n.go.o > 郵遞區號

住所
< ju.u.sho > 地址

氏名
< shi.me.e > 姓名

連絡先
< re.n.ra.ku.sa.ki > 聯絡處

送り先
< o.ku.ri.sa.ki > 寄送處

配達
< ha.i.ta.tsu > 配送；投遞

再配達
< sa.i.ha.i.ta.tsu >
再配送；再次投遞

郵便配達員
< yu.u.bi.n ha.i.ta.tsu.i.n > 郵差

ポスト
< po.su.to > 郵筒；信箱

切手
< ki.t.te > 郵票

印刷物
< i.n.sa.tsu.bu.tsu > 印刷品

小包
< ko.zu.tsu.mi > 包裹

現金書留
< ge.n.ki.n ka.ki.to.me > 現金掛號

普通郵便
< fu.tsu.u yu.u.bi.n > 普通郵件

ペンフレンド
< pe.n.fu.re.n.do > 筆友

07

にほんじんたく ほうもん
日本人宅を訪問する

拜訪日本人的家 ni.ho.n.ji.n ta.ku o ho.o.mo.n.su.ru

這句話最好用！

にほんじん　　　　　　　せいざ
日本人のように 正座をして みます。

ni.ho.n.ji.n no yo.o.ni se.e.za o shi.te mi.ma.su

像日本人一樣，試著跪坐看看。

套進去說說看

きもの　 き
着物を着て
< ki.mo.no o ki.te > 穿和服

あいさつして
< a.i.sa.tsu.shi.te > 打招呼

おじぎをして
< o.ji.gi o shi.te > 鞠躬

はな
話して
< ha.na.shi.te > 説話

はなみ
花見をして
< ha.na.mi o shi.te > 賞花

つきみ
月見をして
< tsu.ki.mi o shi.te > 賞月

にほんじん　　　　　　 じんじゃ　　　　　まい
日本人のように 神社でお参りして みます。

ni.ho.n.ji.n no yo.o.ni ji.n.ja de o ma.i.ri shi.te mi.ma.su

像日本人一樣，在神社參拜看看。

にほんじん　　　　　　 なっとう　　 た
日本人のように 納豆を食べて みます。

ni.ho.n.ji.n no yo.o.ni na.t.to.o o ta.be.te mi.ma.su

像日本人一樣，吃納豆看看。

にほんじん　　　　　　 うめぼ　　　 た
日本人のように 梅干しを食べて みます。

ni.ho.n.ji.n no yo.o.ni u.me.bo.shi o ta.be.te mi.ma.su。

像日本人一樣，吃醃梅乾看看。

連日本人都按讚！

❶ ごめんください。
go.me.n ku.da.sa.i
有人在嗎？

❷ おじゃまします。
o ja.ma.shi.ma.su
打擾了。

❸ どうぞお入（はい）りください。
do.o.zo o ha.i.ri ku.da.sa.i
請進。

❹ 遠慮（えんりょ）しないで楽（らく）にしてください。
e.n.ryo.shi.na.i.de ra.ku ni shi.te ku.da.sa.i
請別客氣，放輕鬆點。

❺ つまらないものですが……。
tsu.ma.ra.na.i mo.no de.su ga
雖然是沒有什麼價值的東西，但……。

❻ どうぞおかまいなく。
do.o.zo o ka.ma.i.na.ku
請別費心招呼我。

❼ おくつろぎください。
o ku.tsu.ro.gi ku.da.sa.i
請別拘束放輕鬆。

生活會話我也會！

わたし： わあ、すてきなおうちですね。

wa.ta.shi wa.a su.te.ki.na o u.chi de.su ne

日本人： そんなことないですよ。それにかなり古いんです。

ni.ho.n.ji.n so.n.na ko.to na.i de.su yo so.re.ni ka.na.ri fu.ru.i n de.su

わたし： 庭つきの一戸建てなんて、うらやましいです。

wa.ta.shi ni.wa tsu.ki no i.k.ko.da.te na.n.te u.ra.ya.ma.shi.i de.su

日本人： さあ、どうぞ。椅子にかけてください。

ni.ho.n.ji.n sa.a do.o.zo i.su ni ka.ke.te ku.da.sa.i

わたし： いえ、わたしも日本人のように正座してみます。

wa.ta.shi i.e wa.ta.shi mo ni.ho.n.ji.n no yo.o.ni se.e.za.shi.te mi.ma.su

日本人： むりしないでください。
足がしびれて、立てなくなりますよ。

ni.ho.n.ji.n mu.ri.shi.na.i.de ku.da.sa.i
a.shi ga shi.bi.re.te ta.te.na.ku na.ri.ma.su yo

我：	哇，好漂亮的家喔。
日本人：	沒有那回事啦。而且相當舊了。
我：	有附院子的獨棟樓房什麼的，好羨慕。
日本人：	來，請。請坐在椅子上。
我：	不，我也要像日本人一樣跪坐看看
日本人：	請別勉強。腳會發麻，站不起來喔。

生活單字 吃到飽！

家

いっこだ
一戸建て
< i.k.ko.da.te > 獨棟樓房

マンション
< ma.n.sho.n > 高級大廈

アパート
< a.pa.a.to > 公寓

やちん
家賃
< ya.chi.n > 租金

べっそう
別荘
< be.s.so.o > 別墅

にかい
2階
< ni.ka.i > 二樓

やね
屋根
< ya.ne > 屋頂

ブラインド
< bu.ra.i.n.do > 百葉窗

シャッター
< sha.t.ta.a > 鐵捲門

あみど
網戸
< a.mi.do > 紗窗；紗門

ベランダ
< be.ra.n.da > 陽台

ドア
< do.a > 門

よ　りん
呼び鈴
< yo.bi.ri.n > 門鈴

カーテン
< ka.a.te.n > 窗簾

しゃこ
車庫
< sha.ko > 車庫

ゆうびん　う
郵便受け
< yu.u.bi.n.u.ke >
（家裡門口的）信箱

しばふ
芝生
< shi.ba.fu > 草坪

てんじょう
天井
< te.n.jo.o > 天花板

ゆか
床
< yu.ka > 地板

かべ
壁
< ka.be > 牆壁

08

自宅に招く
じ たく　　まね

邀請（別人）到自己家裡 ji.ta.ku ni ma.ne.ku

這句話最好用！

この料理は 苦手 かもしれません。
りょう り　　　にが て

ko.no ryo.o.ri wa ni.ga.te ka.mo.shi.re.ma.se.n

這道菜（你）也許不敢吃。

套進去説説看

好き
す
< su.ki > 喜歡

だめ
< da.me > 不行

好きじゃない
す
< su.ki ja na.i > 不喜歡

はまる
< ha.ma.ru > 熱中；入迷

嫌い
きら
< ki.ra.i > 討厭

おいしくない
< o.i.shi.ku.na.i >（覺得）不好吃

この料理は 食べたことがある かもしれません。
りょう り　　　た

ko.no ryo.o.ri wa ta.be.ta ko.to ga a.ru ka.mo.shi.re.ma.se.n

這道菜（你）也許有吃過。

この料理は 匂いがあるのでむり かもしれません。
りょう り　　　にお

ko.no ryo.o.ri wa ni.o.i ga a.ru no.de mu.ri ka.mo.shi.re.ma.se.n

這道菜因為有味道，（你）也許不敢吃。

この料理は 食べられない かもしれません。
りょう り　　　た

ko.no ryo.o.ri wa ta.be.ra.re.na.i ka.mo.shi.re.ma.se.n

這道菜（你）也許沒有辦法吃。

連日本人都按讚！

1 ウーロン茶はいかがですか。
u.u.ro.n.cha wa i.ka.ga de.su ka
（喝）烏龍茶如何呢？

2 たくさん食べてくださいね。
ta.ku.sa.n ta.be.te ku.da.sa.i ne
請多吃點喔。

3 これは消化を助けてくれます。
ko.re wa sho.o.ka o ta.su.ke.te ku.re.ma.su
這個會幫助消化。

4 おなかが空いたでしょう。
o.na.ka ga su.i.ta de.sho.o
肚子餓了吧。

5 居心地がいいお部屋ですね。
i.go.ko.chi ga i.i o he.ya de.su ne
很舒適的房間耶。

6 ゆっくりしていってください。
yu.k.ku.ri.shi.te i.t.te ku.da.sa.i
請多坐一會兒。

7 何もおかまいできませんで……。
na.ni mo o ka.ma.i de.ki.ma.se.n de
招待不周……。

生活會話我也會！

わたし： 今、食事の準備をしてますから、テレビでも見ててください。
いま しょくじ じゅんび み

wa.ta.shi　i.ma sho.ku.ji no ju.n.bi o shi.te.ma.su ka.ra te.re.bi de.mo mi.te.te ku.da.sa.i

日本人： 何かお手伝いしましょうか。
に ほんじん なに て つだ

ni.ho.n.ji.n　na.ni ka o te.tsu.da.i shi.ma.sho.o ka

わたし： いいえ、だいじょうぶです。

wa.ta.shi　i.i.e da.i.jo.o.bu de.su

日本人： それにしても、いい匂いですね。
に ほんじん にお

ni.ho.n.ji.n　so.re.ni.shi.te.mo i.i ni.o.i de.su ne

わたし： 今、作っているのはマーボー豆腐です。
いま つく どう ふ
日本人にはちょっと辛いかもしれませんが……。
に ほんじん から

wa.ta.shi　i.ma tsu.ku.t.te i.ru no wa ma.a.bo.o.do.o.fu de.su
ni.ho.n.ji.n ni wa cho.t.to ka.ra.i ka.mo.shi.re.ma.se.n ga

日本人： だいじょうぶです。わたしは辛いのが好きです。
に ほんじん から す

ni.ho.n.ji.n　da.i.jo.o.bu de.su wa.ta.shi wa ka.ra.i no ga su.ki de.su

---

我： 現在正在準備飯菜，請看看電視之類的。
日本人： 要不要幫些什麼忙呢？
我： 不，沒關係。
日本人： 話說回來，好香喔。
我： 我現在正在做的是麻婆豆腐。
　　　 對日本人來說，也許有點辣……。
日本人： 沒問題。我喜歡（吃）辣的。

生活單字
吃到飽！

廚房

れいぞう こ
冷蔵庫
< re.e.zo.o.ko > 冰箱

エプロン
< e.pu.ro.n > 圍裙

でん し
電子レンジ
< de.n.shi.re.n.ji > 微波爐

オーブン
< o.o.bu.n > 烤箱

トースター
< to.o.su.ta.a > 烤麵包機

なべ
鍋
< na.be > 鍋子

フライパン
< fu.ra.i.pa.n > 平底鍋

がえ
フライ返し
< fu.ra.i.ga.e.shi > 鍋鏟

たま
お玉
< o.ta.ma > 勺子

かん き せん
換気扇
< ka.n.ki.se.n > 抽油煙機

ガスコンロ
< ga.su.ko.n.ro > 瓦斯爐

ほうちょう
包丁
< ho.o.cho.o > 菜刀

いた
まな板
< ma.na.i.ta > 砧板

すいはん き
炊飯器
< su.i.ha.n.ki > 電子飯鍋

しゃもじ
< sha.mo.ji > 飯杓

ミキサー
< mi.ki.sa.a > 果汁機

ふきん
< fu.ki.n > 抹布

かん き
缶切り
< ka.n.ki.ri > 開罐器

ラップ
< ra.p.pu > 保鮮膜

はく
アルミ箔
< a.ru.mi.ha.ku > 鋁箔紙

09

食事をする
しょく じ

用餐 sho.ku.ji o su.ru

這句話最好用！

こしょう をつけて食べてもいいです。
た

ko.sho.o o tsu.ke.te ta.be.te mo i.i de.su

也可以沾胡椒粉吃。

套進去説説看

砂糖
さ とう
< sa.to.o > 砂糖

わさび
< wa.sa.bi > 芥末；哇沙米

しょうゆ
< sho.o.yu > 醬油

からし
< ka.ra.shi > 黃芥末

味噌
み そ
< mi.so > 味噌

ソース
< so.o.su > 調味醬汁

七味唐辛子 をつけて食べてもいいです。
しち み とうがら し   た

shi.chi.mi.to.o.ga.ra.shi o tsu.ke.te ta.be.te mo i.i de.su

也可以沾七味粉吃。

ケチャップ をつけて食べてもいいです。
た

ke.cha.p.pu o tsu.ke.te ta.be.te mo i.i de.su

也可以沾番茄醬吃。

マヨネーズ をつけて食べてもいいです。
た

ma.yo.ne.e.zu o tsu.ke.te ta.be.te mo i.i de.su

也可以沾美乃滋吃。

連日本人都按讚！

① これはどうやって食べますか。

ko.re wa do.o ya.t.te ta.be.ma.su ka

這個怎麼吃呢？

② 熱いから気をつけてくださいね。

a.tsu.i ka.ra ki o tsu.ke.te ku.da.sa.i ne

因為很燙，請小心喔。

③ おかわりはいかがですか。

o.ka.wa.ri wa i.ka.ga de.su ka

再來一碗（杯；盤）如何呢？

④ おなかがいっぱいです。

o.na.ka ga i.p.pa.i de.su

肚子好飽。

⑤ お口に合うといいんですが……。

o ku.chi ni a.u to i.i n de.su ga

希望合您的口味……。

⑥ 本場の味ですね。

ho.n.ba no a.ji de.su ne

好道地的味道耶。

⑦ お褒めにあずかり、光栄です。

o ho.me ni a.zu.ka.ri ko.o.e.e de.su

承蒙您的誇獎，很榮幸。

生活會話我也會！

日本人： これはこのまま食べますか。
にほんじん た

ni.ho.n.ji.n　ko.re wa ko.no.ma.ma ta.be.ma.su ka

わたし： ええ。でも、マヨネーズをつけてもいいですよ。

wa.ta.shi　e.e de.mo ma.yo.ne.e.zu o tsu.ke.te mo i.i de.su yo

日本人： こういう料理は初めて食べます。
にほんじん りょうり はじ た

ni.ho.n.ji.n　ko.o.i.u ryo.o.ri wa ha.ji.me.te ta.be.ma.su

わたし： 子どものころ、母がよく作ってくれました。
こ はは つく

wa.ta.shi　ko.do.mo no ko.ro ha.ha ga yo.ku tsu.ku.t.te ku.re.ma.shi.ta

日本人： お母さんの味ですね。とてもおいしいです。
にほんじん かあ あじ

ni.ho.n.ji.n　o.ka.a.sa.n no a.ji de.su ne to.te.mo o.i.shi.i de.su

わたし： たくさん食べてくださいね。
た

wa.ta.shi　ta.ku.sa.n ta.be.te ku.da.sa.i ne

日本人： 這個是就這樣直接吃嗎？
我： 是的。但是，也可以沾美乃滋喔。
日本人： 這樣的菜是第一次吃到。
我： 小時候，母親常常做給我吃。
日本人： 是母親的味道呢。非常好吃。
我： 請多吃點喔。

生活單字
吃到飽！

黒砂糖
くろ ざ とう
< ku.ro.za.to.o > 黑糖

酢
す
< su > 醋

黒酢
くろ ず
< ku.ro.zu > 黑醋

からし
< ka.ra.shi > 黃芥末

さんしょう
< sa.n.sho.o > 山椒；花椒

味の素
あじ もと
< a.ji.no.mo.to > 味精

バター
< ba.ta.a > 奶油；牛油

マーガリン
< ma.a.ga.ri.n > 植物性奶油

油
あぶら
< a.bu.ra > 油

サラダオイル
< sa.ra.da.o.i.ru > 沙拉油

ごま油
あぶら
< go.ma.a.bu.ra > 麻油；芝麻油

ラー油
ゆ
< ra.a.yu > 辣油

オリーブオイル
< o.ri.i.bu.o.i.ru > 橄欖油

調味酒
ちょう み しゅ
< cho.o.mi.shu > 調味酒

氷砂糖
こおり ざ とう
< ko.o.ri.za.to.o > 冰糖

タバスコ
< ta.ba.su.ko > 墨西哥辣椒醬

カレー粉
こ
< ka.re.e.ko > 咖哩粉

みりん
< mi.ri.n > 味醂

ドレッシング
< do.re.s.shi.n.gu > 沙拉醬

ナンプラー
< na.n.pu.ra.a > 泰式魚露

10

別れる
<ruby>別<rt>わか</rt></ruby>れる

道別 wa.ka.re.ru

這句話最好用！

おじゃましました。
o ja.ma.shi.ma.shi.ta
打擾了。

ごちそうさまでした。
go.chi.so.o.sa.ma de.shi.ta
謝謝您的招待。

また今度。
<ruby>今度<rt>こん ど</rt></ruby>
ma.ta ko.n.do
下次見。

またそのうちに。
ma.ta so.no u.chi ni
盡快再見。

近いうちに会いましょう。
<ruby>近<rt>ちか</rt></ruby>いうちに<ruby>会<rt>あ</rt></ruby>いましょう。
chi.ka.i u.chi ni a.i.ma.sho.o
盡快再見面吧。

うちにも遊びに来てくださいね。
うちにも<ruby>遊<rt>あそ</rt></ruby>びに<ruby>来<rt>き</rt></ruby>てくださいね。
u.chi ni mo a.so.bi ni ki.te ku.da.sa.i ne
也請到我家玩喔。

連日本人都按讚！

1 それじゃ、また。

so.re ja ma.ta

那麼，再見。

2 いつでも連絡_{れんらく}してください。

i.tsu de.mo re.n.ra.ku.shi.te ku.da.sa.i

請隨時（和我）聯絡。

3 ご家族_{かぞく}によろしくお伝_{つた}えください。

go ka.zo.ku ni yo.ro.shi.ku o tsu.ta.e ku.da.sa.i

請（替我）向你家人問好。

4 気_きをつけてお帰_{かえ}りください。

ki o tsu.ke.te o ka.e.ri ku.da.sa.i

回家請小心。

5 また明日_{あした}。

ma.ta a.shi.ta

明天見。

6 いつでも遊_{あそ}びにいらっしゃい。

i.tsu de.mo a.so.bi ni i.ra.s.sha.i

隨時歡迎到我家玩。

7 おやすみなさい。

o.ya.su.mi.na.sa.i

晚安。（通常睡覺前使用，但也可用於道別時間較晚時）

生活會話我也會！

．．

日本人： 今日はごちそうさまでした。
に ほんじん きょう
ni.ho.n.ji.n kyo.o wa go.chi.so.o.sa.ma de.shi.ta

わたし： いえ、たいしたおかまいもできませんで。
wa.ta.shi i.e ta.i.shi.ta o ka.ma.i mo de.ki.ma.se.n.de

日本人： おいしくて、つい食べすぎちゃいました。
に ほんじん た
ni.ho.n.ji.n o.i.shi.ku.te tsu.i ta.be.su.gi.cha.i.ma.shi.ta

わたし： お口に合ってよかったです。
くち あ
また遊びに来てくださいね。
あそ き
wa.ta.shi o ku.chi ni a.t.te yo.ka.t.ta de.su
ma.ta a.so.bi ni ki.te ku.da.sa.i ne

日本人： ぜひ。それじゃ、この辺で。おじゃましました。
に ほんじん へん
ni.ho.n.ji.n ze.hi so.re ja ko.no he.n de o ja.ma.shi.ma.shi.ta

わたし： お気をつけて。
き
wa.ta.shi o ki o tsu.ke.te

日本人： 今天謝謝您的招待。
我： 不，不是什麼了不起的招待。
日本人： 因為好吃，不小心就吃太多了。
我： 能合您的胃口真是太好了。請再來玩喔。
日本人： 一定的。那麼，就到這。打擾了。
我： 請（路上）小心。

生活單字 吃到飽！

お茶
< o cha > 茶

緑茶
< ryo.ku.cha > 綠茶

紅茶
< ko.o.cha > 紅茶

ウーロン茶
< u.u.ro.n.cha > 烏龍茶

レモンティー
< re.mo.n.ti.i > 檸檬茶

ミネラルウォーター
< mi.ne.ra.ru.wo.o.ta.a > 礦泉水

オレンジジュース
< o.re.n.ji.ju.u.su > 柳橙汁

水
< mi.zu > 水

ぬるま湯
< nu.ru.ma.yu > 溫開水

コーラ
< ko.o.ra > 可樂

コーヒー
< ko.o.hi.i > 咖啡

ソーダ
< so.o.da > 汽水

牛乳
< gyu.u.nyu.u > 牛奶

豆乳
< to.o.nyu.u > 豆漿

お酒
< o sa.ke > 酒

ビール
< bi.i.ru > 啤酒

ワイン
< wa.i.n > 葡萄酒

日本酒
< ni.ho.n.shu > 日本清酒

ウイスキー
< u.i.su.ki.i > 威士忌

カクテル
< ka.ku.te.ru > 雞尾酒

這也算是
「おもてなし精神」？

　　應該很多人知道，在日本，常會遇到免費送東西的事吧。我個人最誇張的一次，就是在東京池袋車站附近走動的時候，只是走一條路，就拿到面紙二十幾包、營養美容飲料二瓶與有名的餅乾一盒。當時在我旁邊的外國朋友說：「這就是書本上寫的、日本人特有的『おもてなし精神』（＜o mo.te.na.shi se.e.shi.n＞；招待精神）嗎？」當時我沒有思考就回說：「這只是宣傳啦！」但仔細想想，如果只是宣傳的話，簡單發張廣告不就好了，為什麼要免費送那麼多東西呢？

　　還有一次覺得賺到的經驗，就是在澀谷車站附近某家法國巧克力名店的門口，剛好遇到店家在發表新商品，總共有十幾種口味，每種都讓我們試吃，那是令人快流鼻血的量呢。本來接著要去咖啡廳喝杯飲料，結果又遇到免費送的罐裝咖啡，是不是太剛好？那一次我和朋友不花半毛錢就輕鬆享受澀谷了。（笑）

　　這種行銷方式其實在其他國家也有，但是會大方送那麼多東西的，或許只有日本吧。如果是試吃或試飲的話，給小小一杯就好，但日本是一瓶、一罐、一大塊這樣地贈送，實在是不可思議。對了，還有一個值得推薦免費填飽肚子的好地方，就是百貨公司的「デパ地

下」（< de.pa.chi.ka >；百貨地下街）。在那裡除了可以享受繽紛美味的食物試吃外，也可欣賞美麗的擺飾、乾淨的店面、有禮貌的日本店員以及客人等。總之，被免費招待的感覺特別好！

　　說到免費招待，值得一提的還有日本精緻美麗又快速的包裝服務。在日本習慣享受免費包裝的我們，去別的國家才知道原來他們都只用塑膠袋裝東西，如果要求和日本一樣的包裝得花不少錢。在人人提倡環保的時代，連買本書店員都會替顧客包上紙書套的日本，或許得多加深思。但屏除這些好或是不好的批評，也許這就是日本精神與文化吧。

　　中秋節的日文是「十五夜」（＜ ju.u.go.ya ＞）。網友來信問日文裡有沒有「中秋節快樂」的說法。抱歉，沒有，但日本人也過中秋節。日本人以「月見団子」（＜ tsu.ki.mi da.n.go ＞；賞月糯米團）、秋季水果與芒草來賞月，而且由於這個時期正值各種秋季作物收成，所以也是為了對大自然表示感謝。教大家送禮時的一句話，喜歡謙虛表達的日本人，送禮時會說什麼呢？

Tomoko：つまらないものですが……。

　　　　＜ tsu.ma.ra.na.i mo.no de.su ga ＞

　　　　雖然不是什麼厲害的東西……。

なにかいるよ：好像有什麼東西耶

うさぎさんだよ：是兔子先生喔

Unit 03

[おしゃべり
o sha.be.ri
聊天

てんき 天気 天氣	りょこう 旅行 旅行
がっこう 学校 學校	スポーツ 運動
かいしゃ 会社 公司	ペット 寵物
おんがく 音楽 音樂	レジャー 休閒
た 食べもの 食物	ふうぞくしゅうかん 風俗習慣 風俗習慣
えいが 映画 電影	

01

天気

てんき

天氣 te.n.ki

這句話最好用！

今日は いいお天気 ですね。

きょう　　　　　　　　　てんき

kyo.o wa i.i o te.n.ki de.su ne

今天天氣真好啊。

套進去說說看 ▶

寒い
さむ
< sa.mu.i > 很冷

暖かい
あたた
< a.ta.ta.ka.i > 很暖和

暑い
あつ
< a.tsu.i > 很熱

すごい雪
ゆき
< su.go.i yu.ki > 下大雪

涼しい
すず
< su.zu.shi.i > 很涼快；很涼爽

いやな天気
てんき
< i.ya.na te.n.ki > 令人討厭的天氣

今日は あいにくの天気 ですね。

きょう　　　　　　　　　　てんき

kyo.o wa a.i.ni.ku no te.n.ki de.su ne

今天天氣恰巧不好耶。

今日は あいにくの雨 ですね。

きょう　　　　　　　　あめ

kyo.o wa a.i.ni.ku no a.me de.su ne

今天恰巧下雨耶。

今日は 日差しが強い ですね。

きょう　　　ひ　ざ　　つよ

kyo.o wa hi.za.shi ga tsu.yo.i de.su ne

今天日照好強啊。

連日本人都按讚！

① 今日はじめじめしていますね。
きょう
kyo.o wa ji.me.ji.me.shi.te i.ma.su ne
今天好潮溼啊。

② 今日も蒸し暑いですね。
きょう　む　あつ
kyo.o mo mu.shi.a.tsu.i de.su ne
今天也很悶熱啊。

③ 早くやんでほしいですね。
はや
ha.ya.ku ya.n.de ho.shi.i de.su ne
希望（雨；雪）早點停啊。

④ 今夜あたり台風が来るそうですよ。
こんや　　　たいふう　く
ko.n.ya a.ta.ri ta.i.fu.u ga ku.ru so.o de.su yo
據說今晚前後颱風會來喔。

⑤ だいぶ涼しくなりましたね。
すず
da.i.bu su.zu.shi.ku na.ri.ma.shi.ta ne
變得相當涼快了啊。

⑥ 雷がしそうですね。
かみなり
ka.mi.na.ri ga shi.so.o de.su ne
看來會打雷喔。

⑦ 風がかなり強いですね。
かぜ　　　　　つよ
ka.ze ga ka.na.ri tsu.yo.i de.su ne
風相當強啊。

生活會話我也會！

· ·

わたし： おはようございます。

wa.ta.shi　o.ha.yo.o go.za.i.ma.su

<ruby>日本人<rt>にほんじん</rt></ruby>： おはようございます。

ni.ho.n.ji.n　o.ha.yo.o go.za.i.ma.su

わたし： <ruby>今日<rt>きょう</rt></ruby>はいいお<ruby>天気<rt>てんき</rt></ruby>ですね。

wa.ta.shi　kyo.o wa i.i o te.n.ki de.su ne

<ruby>日本人<rt>にほんじん</rt></ruby>： ええ、ようやく<ruby>晴<rt>は</rt></ruby>れましたね。

ni.ho.n.ji.n　e.e yo.o.ya.ku ha.re.ma.shi.ta ne

わたし： お<ruby>出<rt>で</rt></ruby>かけですか。

wa.ta.shi　o de.ka.ke de.su ka

<ruby>日本人<rt>にほんじん</rt></ruby>： ええ、<ruby>久<rt>ひさ</rt></ruby>しぶりに<ruby>晴<rt>は</rt></ruby>れたので、<ruby>散歩<rt>さんぽ</rt></ruby>してきます。

ni.ho.n.ji.n　e.e hi.sa.shi.bu.ri ni ha.re.ta no.de sa.n.po.shi.te ki.ma.su

我：	早安。
日本人：	早安。
我：	今天天氣真好啊。
日本人：	是啊，終於放晴了呢。
我：	您要出門嗎？
日本人：	是的，因為好久沒放晴了，所以要去散步。

生活單字 吃到飽！

氣候、天氣

てんきよほう
天気予報
< te.n.ki yo.ho.o > 天氣預報

あらし
嵐
< a.ra.shi > 暴風雨

こうずい
洪水
< ko.o.zu.i > 洪水

つゆ
梅雨
< tsu.yu > 梅雨

くも
雲
< ku.mo > 雲

しつど
湿度
< shi.tsu.do > 濕度

しっけ
湿気
< shi.k.ke > 濕氣

にじ
虹
< ni.ji > 彩虹

きこう
気候
< ki.ko.o > 氣候

てんこう
天候
< te.n.ko.o > 天候

は
晴れる
< ha.re.ru > 放晴

かんそう
乾燥する
< ka.n.so.o.su.ru > 乾燥

ひ
冷える
< hi.e.ru > 變冷；變涼

こお
凍る
< ko.o.ru > 結冰

くも
曇る
< ku.mo.ru > 陰天；陰

あ
荒れる
< a.re.ru >（天氣）狂暴

つ
積もる
< tsu.mo.ru >（雪）堆積

ふ
吹く
< fu.ku >（風）吹

な
鳴る
< na.ru >（雷）鳴

かわ
渇く
< ka.wa.ku > 乾渴

02

がっこう
学校
學校 ga.k.ko.o

這句話最好用！

テスト までもうすぐです。
te.su.to ma.de mo.o.su.gu de.su
快要考試了。

套進去説説看

しけん
試験
< shi.ke.n > 考試

だいがくじゅけん
大学受験
< da.i.ga.ku ju.ke.n > 大學聯考

ちゅうかん
中間テスト
< chu.u.ka.n te.su.to > 期中考

そつぎょう
卒業
< so.tsu.gyo.o > 畢業

きまつ
期末テスト
< ki.ma.tsu te.su.to > 期末考

ごうかくはっぴょう
合格発表
< go.o.ka.ku ha.p.pyo.o > 放榜

にほんごのうりょくしけん
日本語能力試験 までもうすぐです。
ni.ho.n.go no.o.ryo.ku shi.ke.n ma.de mo.o.su.gu de.su
快要日本語能力測驗了。

こっかしけん
国家試験 までもうすぐです。
ko.k.ka shi.ke.n ma.de mo.o.su.gu de.su
快要國家考試了。

たいかい
スピーチ大会 までもうすぐです。
su.pi.i.chi ta.i.ka.i ma.de mo.o.su.gu de.su
快到演講大會了。

連日本人都按讚！

① 今は冬休みです。
い ま　　ふゆやす
i.ma wa fu.yu.ya.su.mi de.su
現在是寒假。

② 娘は小学生です。
むすめ　しょうがくせい
mu.su.me wa sho.o.ga.ku.se.e de.su
我女兒是小學生。

③ 日本語の勉強は楽しいです。
に ほん ご　　　べんきょう　たの
ni.ho.n.go no be.n.kyo.o wa ta.no.shi.i de.su
學日語很愉快。

④ 学費が高いのでたいへんです。
がく ひ　　たか
ga.ku.hi ga ta.ka.i no.de ta.i.he.n de.su
因為學費貴，所以很辛苦。

⑤ サークルには入っていません。
はい
sa.a.ku.ru ni wa ha.i.t.te i.ma.se.n
沒有參加社團。

⑥ 今晩、合コンに参加しませんか。
こんばん　ごう　　　　さん か
ko.n.ba.n go.o.ko.n ni sa.n.ka.shi.ma.se.n ka
今晚，要不要參加聯誼呢？

⑦ 毎日、遅くまで勉強しています。
まいにち　おそ　　　べんきょう
ma.i.ni.chi o.so.ku ma.de be.n.kyo.o.shi.te i.ma.su
每天唸書唸到很晚。

生活會話我也會！

わたし： 洋介くんの受験までもうすぐですね。

wa.ta.shi　yo.o.su.ke ku.n no ju.ke.n ma.de mo.o.su.gu de.su ne

日本人： ええ。毎日、家で遅くまで勉強しています。

ni.ho.n.ji.n　e.e ma.i.ni.chi u.chi de o.so.ku ma.de be.n.kyo.o.shi.te i.ma.su

わたし： 塾には通ってないんですか。

wa.ta.shi　ju.ku ni wa ka.yo.t.te.na.i n de.su ka

日本人： 息子は自分で勉強できるって言うんです。

ni.ho.n.ji.n　mu.su.ko wa ji.bu.n de be.n.kyo.o.de.ki.ru t.te i.u n de.su

わたし： 洋介くんなら、だいじょうぶですよ。
合格できるようにお祈りしてます。

wa.ta.shi　yo.o.su.ke ku.n na.ra da.i.jo.o.bu de.su yo
go.o.ka.ku.de.ki.ru yo.o ni o i.no.ri shi.te.ma.su

日本人： どうもありがとう。

ni.ho.n.ji.n　do.o.mo a.ri.ga.to.o

我：　　　洋介的考試快要到了耶。

日本人：　是的。每天在家唸書都唸到很晚。

我：　　　沒有上補習班嗎？

日本人：　我兒子説可以自己唸。

我：　　　洋介的話，沒問題的啦。祝他考上。

日本人：　非常謝謝。

生活單字
吃到飽！

育

がっこう
学校
< ga.k.ko.o > 學校

ようちえん
幼稚園
< yo.o.chi.e.n > 幼稚園

しょうがっこう
小学校
< sho.o.ga.k.ko.o > 小學

ちゅうがっこう
中学校
< chu.u.ga.k.ko.o > 中學

こうこう
高校
< ko.o.ko.o > 高中

せんもんがっこう
専門学校
< se.n.mo.n.ga.k.ko.o > 專門學校

だいがく
大学
< da.i.ga.ku > 大學

だいがくいん
大学院
< da.i.ga.ku.i.n > 大學研究所

とうこう
登校
< to.o.ko.o > 上學

げこう
下校
< ge.ko.o > 放學

たんにん
担任
< ta.n.ni.n > 導師

せいふく
制服
< se.e.fu.ku > 制服

にゅうがく
入学
< nyu.u.ga.ku > 入學

そつぎょう
卒業
< so.tsu.gyo.o > 畢業

しんがく
進学
< shi.n.ga.ku > 升學

りゅうねん
留年
< ryu.u.ne.n > 留級

さくぶん
作文
< sa.ku.bu.n > 作文

しゅくだい
宿題
< shu.ku.da.i > 功課

せんぱい
先輩
< se.n.pa.i > 學長；學姊

こうはい
後輩
< ko.o.ha.i > 學弟；學妹

聊天 UNIT 03

105

03

かいしゃ
会社
公司 ka.i.sha

這句話最好用！

もう コピーして あります。
mo.o ko.pi.i.shi.te a.ri.ma.su
已經影印好了。

套進去說說看 ➤

買って
< ka.t.te > 買

やって
< ya.t.te > 做

書いて
< ka.i.te > 寫

伝えて
< tsu.ta.e.te > 傳達

頼んで
< ta.no.n.de > 拜託；請託

話して
< ha.na.shi.te > 說

もう 準備して あります。
mo.o ju.n.bi.shi.te a.ri.ma.su
已經準備好了。

もう メモして あります。
mo.o me.mo.shi.te a.ri.ma.su
已經筆記好了。

もう 申請して あります。
mo.o shi.n.se.e.shi.te a.ri.ma.su
已經申請好了。

連日本人都按讚！

① 毎日、忙しいです。
ma.i.ni.chi i.so.ga.shi.i de.su
每天都很忙。

② 今日も残業です。
kyo.o mo za.n.gyo.o de.su
今天也要加班。

③ わたしの仕事は営業です。
wa.ta.shi no shi.go.to wa e.e.gyo.o de.su
我的工作是業務。

④ 家族のためにがんばっています。
ka.zo.ku no ta.me ni ga.n.ba.t.te i.ma.su
為了家人而努力。

⑤ 上司はとても厳しい人です。
jo.o.shi wa to.te.mo ki.bi.shi.i hi.to de.su
上司是非常嚴厲的人。

⑥ 今日も接待で飲みに行きます。
kyo.o mo se.t.ta.i de no.mi ni i.ki.ma.su
今天也是為了應酬去喝酒。

⑦ サラリーマンはたいへんです。
sa.ra.ri.i.ma.n wa ta.i.he.n de.su
上班族很辛苦。

生活會話我也會！

‧‧

日本人上司（にほんじんじょうし）：陳さん、会議（かいぎ）の資料（しりょう）、コピーしておいてくれる？
ni.ho.n.ji.n jo.o.shi　chi.n sa.n ka.i.gi no shi.ryo.o ko.pi.i.shi.te o.i.te ku.re.ru

わたし：　　もうコピーしてあります。
wa.ta.shi　　mo.o ko.pi.i.shi.te a.ri.ma.su

日本人上司（にほんじんじょうし）：えっ、もうしてあるの？
ni.ho.n.ji.n jo.o.shi　e.t mo.o shi.te a.ru no

わたし：　　はい。会議室（かいぎしつ）のクーラーも入（い）れておきました。
wa.ta.shi　　ha.i ka.i.gi.shi.tsu no ku.u.ra.a mo i.re.te o.ki.ma.shi.ta

日本人上司（にほんじんじょうし）：いつも気（き）が利（き）くね。ありがとう。
ni.ho.n.ji.n jo.o.shi　i.tsu.mo ki ga ki.ku ne a.ri.ga.to.o

わたし：　　いいえ。
wa.ta.shi　　i.i.e

日本人上司：陳小姐，會議的資料，可以（幫我）影印嗎？
我：　　　　我已經影印好了。
日本人上司：咦？已經印好了？
我：　　　　是的。會議室的冷氣也先打開了。
日本人上司：你總是很機靈喔。謝謝。
我：　　　　不會。

生活單字 吃到飽！

公司職位與部門

職場
しょくば
< sho.ku.ba > 工作單位

会長
かいちょう
< ka.i.cho.o > 會長

取締役
とりしまりやく
< to.ri.shi.ma.ri.ya.ku > 董事

社長
しゃちょう
< sha.cho.o > 社長

副社長
ふくしゃちょう
< fu.ku.sha.cho.o > 副社長

専務
せんむ
< se.n.mu > 專務董事

部長
ぶちょう
< bu.cho.o > 部長

課長
かちょう
< ka.cho.o > 課長

係長
かかりちょう
< ka.ka.ri.cho.o > 股長

秘書
ひしょ
< hi.sho > 祕書

上司
じょうし
< jo.o.shi > 上司

部下
ぶか
< bu.ka > 部下

工場長
こうじょうちょう
< ko.o.jo.o.cho.o > 廠長

店長
てんちょう
< te.n.cho.o > 店長

社員
しゃいん
< sha.i.n > 公司職員

失業
しつぎょう
< shi.tsu.gyo.o > 失業

リストラ
< ri.su.to.ra > 裁員

定年退職
ていねんたいしょく
< te.e.ne.n ta.i.sho.ku > 退休

転職
てんしょく
< te.n.sho.ku > 換工作

人材派遣会社
じんざい は けんがいしゃ
< ji.n.za.i ha.ke.n ga.i.sha >
人才派遣公司；人力銀行

聊天 UNIT |03|

04

おんがく
音楽

音樂 o.n.ga.ku

這句話最好用！

ギター を教えてください。
gi.ta.a o o.shi.e.te ku.da.sa.i
請教我吉他。

套進去説説看 ➡

ピアノ
< pi.a.no > 鋼琴

バイオリン
< ba.i.o.ri.n > 小提琴

三味線
< sha.mi.se.n > 三味線

フルート
< fu.ru.u.to > 長笛

ハーモニカ
< ha.a.mo.ni.ka > 口琴

日本の歌
< ni.ho.n no u.ta > 日本的歌

何か楽器 を教えてください。
na.ni ka ga.k.ki o o.shi.e.te ku.da.sa.i
請教我點什麼樂器。

ドラムの叩き方 を教えてください。
do.ra.mu no ta.ta.ki.ka.ta o o.shi.e.te ku.da.sa.i
請教我鼓的打法。

曲の作り方 を教えてください。
kyo.ku no tsu.ku.ri.ka.ta o o.shi.e.te ku.da.sa.i
請教我作曲的方法。

連日本人都按讚！

① 小さい頃、ピアノを習ったことがあります。

chi.i.sa.i ko.ro pi.a.no o na.ra.t.ta ko.to ga a.ri.ma.su

小時候，有學過鋼琴。

② 週末、カラオケに行きませんか。

shu.u.ma.tsu ka.ra.o.ke ni i.ki.ma.se.n ka

週末，要不要去卡拉OK呢？

③ 最近、クラシック音楽にはまってます。

sa.i.ki.n ku.ra.shi.k.ku o.n.ga.ku ni ha.ma.t.te.ma.su

最近，迷戀著古典音樂。

④ 得意な歌は何ですか。

to.ku.i.na u.ta wa na.n de.su ka

你拿手的歌曲是什麼呢？

⑤ 好きなアイドルはいますか。

su.ki.na a.i.do.ru wa i.ma.su ka

有喜歡的偶像嗎？

⑥ 昔、追っかけをしていました。

mu.ka.shi o.k.ka.ke o shi.te i.ma.shi.ta

以前，有追星過。

⑦ わたしは嵐の大ファンです。

wa.ta.shi wa a.ra.shi no da.i fa.n de.su

我是嵐的超級粉絲。

生活會話我也會！

· ·

わたし： ギターも上手ですね。
　　　　　　　　じょう ず

wa.ta.shi　gi.ta.a mo jo.o.zu de.su ne

日本人： いえいえ。陳さんは、何か楽器をやってますか。
に ほんじん　　　　　　ちん　　　　　　なに がっき

ni.ho.n.ji.n　i.e i.e chi.n sa.n wa na.ni ka ga.k.ki o ya.t.te.ma.su ka

わたし： 二胡っていう楽器、知ってますか。
　　　　　に こ　　　　　がっき　し

wa.ta.shi　ni.ko t.te i.u ga.k.ki shi.t.te.ma.su ka

日本人： ええ、テレビで見たことがあります。
に ほんじん　　　　　　　　み
　　　　　とてもきれいな音ですよね。
　　　　　　　　　　　　おと

ni.ho.n.ji.n　e.e te.re.bi de mi.ta ko.to ga a.ri.ma.su
　　　　　　　to.te.mo ki.re.e.na o.to de.su yo ne

わたし： 12年間習いました。
　　　　　じゅうにねんかんなら

wa.ta.shi　ju.u.ni.ne.n.ka.n na.ra.i.ma.shi.ta

日本人： すごいですね。今度、教えてください。
に ほんじん　　　　　　　　こん ど　おし

ni.ho.n.ji.n　su.go.i de.su ne ko.n.do o.shi.e.te ku.da.sa.i

我：　　　　吉他也很厲害喔。
日本人：　　沒有沒有。陳小姐，有在玩什麼樂器嗎？
我：　　　　叫二胡的樂器，你知道嗎？
日本人：　　是的，在電視上有看過。非常好聽的聲音對吧。
我：　　　　我學了十二年。
日本人：　　好厲害喔。下次，請教我。

生活單字 吃到飽！

音・樂

リズム
< ri.zu.mu > 節奏

きょく
曲
< kyo.ku > 樂曲；歌曲

か し
歌詞
< ka.shi > 歌詞

めいきょく
名曲
< me.e.kyo.ku > 名曲

さく し
作詞
< sa.ku.shi > 作詞

さっきょく
作曲
< sa.k.kyo.ku > 作曲

コンサート
< ko.n.sa.a.to >
演唱會；演奏會；音樂會

クラシック
< ku.ra.shi.k.ku > 古典音樂

ポップス
< po.p.pu.su > 流行音樂

ジャズ
< ja.zu > 爵士樂

ロック
< ro.k.ku > 搖滾樂

ソウル
< so.o.ru > 靈魂音樂

レゲエ
< re.ge.e > 雷鬼音樂

ラブソング
< ra.bu so.n.gu > 情歌

しゅだい か
アニメの主題歌
< a.ni.me no shu.da.i.ka >
動漫的主題曲

みんよう
民謡
< mi.n.yo.o > 名謠

どうよう
童謡
< do.o.yo.o > 童謠

えん か
演歌
< e.n.ka > 演歌

バンド
< ba.n.do > 樂團

マイク
< ma.i.ku > 麥克風

聊天 UNIT 03

05

食べもの

食物 ta.be.mo.no

這句話最好用！

納豆 を食べたことがありますか。

na.t.to.o o ta.be.ta ko.to ga a.ri.ma.su ka

有吃過納豆嗎？

套進去説説看

お好み焼き
< o.ko.no.mi.ya.ki > 大阪燒

そば
< so.ba > 蕎麥麵

すき焼き
< su.ki.ya.ki > 壽喜燒

懐石料理
< ka.i.se.ki.ryo.o.ri > 懷石料理

しゃぶしゃぶ
< sha.bu.sha.bu > 涮涮鍋

精進料理
< sho.o.ji.n.ryo.o.ri > 素食

台湾のマンゴー を食べたことがありますか。

ta.i.wa.n no ma.n.go.o o ta.be.ta ko.to ga a.ri.ma.su ka

有吃過台灣的芒果嗎？

韓国のキムチ を食べたことがありますか。

ka.n.ko.ku no ki.mu.chi o ta.be.ta ko.to ga a.ri.ma.su ka

有吃過韓國的泡菜嗎？

タイのトムヤンクン を食べたことがありますか。

ta.i no to.mu.ya.n.ku.n o ta.be.ta ko.to ga a.ri.ma.su ka

有吃過泰國的冬蔭功嗎？

連日本人都按讚！

1 いちばん好きな食べものは寿司です。
i.chi.ba.n su.ki.na ta.be.mo.no wa su.shi de.su
最喜歡的食物是壽司。

2 うなぎを食べると元気になりますよ。
u.na.gi o ta.be.ru to ge.n.ki ni na.ri.ma.su yo
吃鰻魚的話，會變得有活力喔。

3 生ものはちょっと苦手です。
na.ma.mo.no wa cho.t.to ni.ga.te de.su
生的東西不太敢吃。

4 母は料理がとても上手です。
ha.ha wa ryo.o.ri ga to.te.mo jo.o.zu de.su
母親很會做菜。

5 わたしは料理が苦手です。
wa.ta.shi wa ryo.o.ri ga ni.ga.te de.su
我不擅長做菜。

6 得意な料理はオムライスです。
to.ku.i.na ryo.o.ri wa o.mu.ra.i.su de.su
拿手的菜是蛋包飯。

7 主人は大食いです。
shu.ji.n wa o.o.gu.i de.su
我先生是大胃王。

生活會話我也會！

. . . .

日本人： ふだん料理をしますか。
に ほんじん　　　　　　　りょう り
ni.ho.n.ji.n　fu.da.n ryo.o.ri o shi.ma.su ka

わたし： ええ。好きですから、毎日作りますよ。
　　　　　　　す　　　　　　まいにちつく
wa.ta.shi　e.e su.ki de.su ka.ra ma.i.ni.chi tsu.ku.ri.ma.su yo

日本人： そうですか。じつは、友人がカラスミをくれたんです。
に ほんじん　　　　　　　　　　ゆうじん
　　　　　　でも、食べ方が分からなくて。
　　　　　　　　た　かた　わ
ni.ho.n.ji.n　so.o de.su ka ji.tsu wa yu.u.ji.n ga ka.ra.su.mi o ku.re.ta n de.su
　　　　　　de.mo ta.be.ka.ta ga wa.ka.ra.na.ku.te

わたし： 簡単ですよ。
　　　　　　かんたん
　　　　　　そうだ、カラスミチャーハンを食べたことがありますか。
　　　　　　　　　　　　　　　　　　　　　　　た
wa.ta.shi　ka.n.ta.n de.su yo
　　　　　　so.o da ka.ra.su.mi cha.a.ha.n o ta.be.ta ko.to ga a.ri.ma.su ka

日本人： いいえ、ありません。
に ほんじん
ni.ho.n.ji.n　i.i.e a.ri.ma.se.n

わたし： 明日、うちに来ませんか。カラスミ料理を教えてあげます。
　　　　　　あした　　　　　き　　　　　　　　　りょう り　　　おし
wa.ta.shi　a.shi.ta u.chi ni ki.ma.se.n ka ka.ra.su.mi ryo.o.ri o o.shi.e.te a.ge.ma.su

---

日本人： 平常做飯嗎？
我： 是的。因為喜歡，所以每天下廚唷。
日本人： 是嗎？其實，是朋友送我烏魚子。
　　　　　但是，（我）不知道吃法。
我： 很簡單喔。對了，你有吃過烏魚子炒飯嗎？
日本人： 不，沒有。
我： 明天，要不要來我家？我教你烏魚子料理。

生活單字
吃到飽！

食物

カレーライス
< ka.re.e.ra.i.su > 咖哩飯

ハンバーガー
< ha.n.ba.a.ga.a > 漢堡

スパゲッティ
< su.pa.ge.t.ti > 義大利麵

サラダ
< sa.ra.da > 沙拉

ピザ
< pi.za > 披薩

ステーキ
< su.te.e.ki > 牛排

とんかつ
< to.n.ka.tsu > 炸豬排

味噌汁
< mi.so.shi.ru > 味噌湯

刺身
< sa.shi.mi > 生魚片

天ぷら
< te.n.pu.ra > 天婦羅

和食
< wa.sho.ku > 日本料理

洋食
< yo.o.sho.ku > 洋食
（日本人改良過的西式料理）

中華料理
< chu.u.ka ryo.o.ri > 中華料理

うどん
< u.do.n > 烏龍麵

そば
< so.ba > 蕎麥麵

ラーメン
< ra.a.me.n > 拉麵

餃子
< gyo.o.za > 餃子

家庭料理
< ka.te.e ryo.o.ri > 家庭料理

好物
< ko.o.bu.tsu > 喜歡的食物

好き嫌い
< su.ki.ki.ra.i > 好惡、挑剔

06

えいが
映画
電影 e.e.ga

這句話最好用！

えいが
その映画は おもしろい そうですよ。
so.no e.e.ga wa o.mo.shi.ro.i so.o de.su yo
聽說那部電影很有趣喔。

套進去說說看 ➤

こわ
怖い
＜ ko.wa.i ＞恐怖

な
泣ける
＜ na.ke.ru ＞會（讓人）哭

つまらない
＜ tsu.ma.ra.na.i ＞無聊

わら
笑える
＜ wa.ra.e.ru ＞會（讓人）笑

いまいちだ
＜ i.ma.i.chi.da ＞還好；不夠好

ねむ
眠くなる
＜ ne.mu.ku.na.ru ＞會（讓人）想睡覺

えいが　き たいはず
その映画は 期待外れだ そうですよ。
so.no e.e.ga wa ki.ta.i ha.zu.re da so.o de.su yo
聽說那部電影（讓人）失望喔。

えいが　むね あつ
その映画は 胸が熱くなる そうですよ。
so.no e.e.ga wa mu.ne ga a.tsu.ku na.ru so.o de.su yo
聽說那部電影會（讓人）心頭變溫暖喔。

えいが　かんどう
その映画は 感動する そうですよ。
so.no e.e.ga wa ka.n.do.o.su.ru so.o de.su yo
聽說那部電影會（讓人）感動喔。

連日本人都按讚！

1 いっしょに映画を見に行きませんか。
i.s.sho ni e.e.ga o mi ni i.ki.ma.se.n ka
要不要一起去看電影呢？

2 どんな映画が好きですか。
do.n.na e.e.ga ga su.ki de.su ka
喜歡什麼樣的電影呢？

3 アン・リー監督の映画は必ず見ます。
a.n ri.i ka.n.to.ku no e.e.ga wa ka.na.ra.zu mi.ma.su
李安導演的電影一定會去看。

4 あの俳優はアカデミー賞を受賞したことがあります。
a.no ha.i.yu.u wa a.ka.de.mi.i sho.o o ju.sho.o.shi.ta ko.to ga a.ri.ma.su
那位演員有得過奧斯卡獎。

5 彼の演技は最高でしたね。
ka.re no e.n.gi wa sa.i.ko.o de.shi.ta ne
他的演技很棒喔。

6 この映画はすごくおすすめです。
ko.no e.e.ga wa su.go.ku o.su.su.me de.su
超級推薦這部電影。

7 兄はいつもポップコーンを食べながら映画を見ます。
a.ni wa i.tsu.mo po.p.pu.ko.o.n o ta.be.na.ga.ra e.e.ga o mi.ma.su
我哥哥總是邊吃爆米花邊看電影。

生活會話我也會！

わたし： このポスターの映画、もう見ましたか。
wa.ta.shi ko.no po.su.ta.a no e.e.ga mo.o mi.ma.shi.ta ka

日本人： いいえ、まだです。わたしは怖がりなので、
ホラー映画は見たことがないんです。
ni.ho.n.ji.n i.i.e ma.da de.su wa.ta.shi wa ko.wa.ga.ri na.no.de
ho.ra.a e.e.ga wa mi.ta ko.to ga na.i n de.su

わたし： そうですか。
これはホラー映画ですが、おもしろいシーンもあるそうですよ。
wa.ta.shi so.o de.su ka
ko.re wa ho.ra.a e.e.ga de.su ga o.mo.shi.ro.i shi.i.n mo a.ru so.o de.su yo

日本人： 変わった映画ですね。
ni.ho.n.ji.n ka.wa.t.ta e.e.ga de.su ne

わたし： 監督が変わっていますから。
いっしょに見に行きませんか。
wa.ta.shi ka.n.to.ku ga ka.wa.t.te i.ma.su ka.ra i.s.sho ni mi ni i.ki.ma.se.n ka

日本人： いいですよ。
ni.ho.n.ji.n i.i de.su yo

我： 這張海報的電影，你已經看了嗎？
日本人： 不，還沒。我很容易嚇到，所以從來沒看過恐怖片。
我： 是嗎？據説雖然這是部恐怖片，但也有好玩的畫面唷。
日本人： 很奇怪的電影呢。
我： 因為導演就是奇怪的人啊。要不要一起去看呢？
日本人： 好啊。

生活單字 吃到飽！

電影

映画館
＜ e.e.ga.ka.n ＞電影院

コメディー映画
＜ ko.me.di.i e.e.ga ＞喜劇片

アクション映画
＜ a.ku.sho.n e.e.ga ＞動作片

ラブストーリー
＜ ra.bu su.to.o.ri.i ＞愛情故事

ロマンチック
＜ ro.ma.n.chi.k.ku ＞浪漫

撮影
＜ sa.tsu.e.e ＞攝影

チケット
＜ chi.ke.t.to ＞票

デート
＜ de.e.to ＞約會

コーラ
＜ ko.o.ra ＞可樂

座席
＜ za.se.ki ＞座位

スピーカー
＜ su.pi.i.ka.a ＞喇叭

主役
＜ shu.ya.ku ＞主角

脇役
＜ wa.ki.ya.ku ＞配角

悪役
＜ a.ku.ya.ku ＞反派角色

子役
＜ ko.ya.ku ＞小孩角色

ヒーロー
＜ hi.i.ro.o ＞英雄

ヒロイン
＜ hi.ro.i.n ＞女英雄

邦画
＜ ho.o.ga ＞國片
（日本人指的日本電影）

洋画
＜ yo.o.ga ＞洋片

海賊版
＜ ka.i.zo.ku.ba.n ＞盜版

聊天 UNIT｜03｜

07

<ruby>旅行<rt>りょこう</rt></ruby>

旅行 ryo.ko.o

這句話最好用！

箱根 の温泉がいいみたいですよ。
<ruby>箱根<rt>はこね</rt></ruby> <ruby>温泉<rt>おんせん</rt></ruby>

ha.ko.ne no o.n.se.n ga i.i mi.ta.i de.su yo

箱根的溫泉好像不錯喔。

套進去説説看 →

<ruby>九州<rt>きゅうしゅう</rt></ruby>
< kyu.u.shu.u > 九州

<ruby>北海道<rt>ほっかいどう</rt></ruby>
< ho.k.ka.i.do.o > 北海道

<ruby>岐阜<rt>ぎ ふ</rt></ruby>
< gi.fu > 岐阜

<ruby>秋田<rt>あき た</rt></ruby>
< a.ki.ta > 秋田

<ruby>群馬<rt>ぐん ま</rt></ruby>
< gu.n.ma > 群馬

<ruby>大分<rt>おおいた</rt></ruby>
< o.o.i.ta > 大分

• •

草津 の温泉がいいみたいですよ。
<ruby>草津<rt>くさつ</rt></ruby> <ruby>温泉<rt>おんせん</rt></ruby>

ku.sa.tsu no o.n.se.n ga i.i mi.ta.i de.su yo

草津的溫泉好像不錯喔。

鬼怒川 の温泉がいいみたいですよ。
<ruby>鬼怒川<rt>き ぬ がわ</rt></ruby> <ruby>温泉<rt>おんせん</rt></ruby>

ki.nu.ga.wa no o.n.se.n ga i.i mi.ta.i de.su yo

鬼怒川的溫泉好像不錯喔。

湯布院 の温泉がいいみたいですよ。
<ruby>湯布院<rt>ゆ ふ いん</rt></ruby> <ruby>温泉<rt>おんせん</rt></ruby>

yu.fu.i.n no o.n.se.n ga i.i mi.ta.i de.su yo

湯布院的溫泉好像不錯喔。

連日本人都按讚！

1 チェックインをお願いします。
che.k.ku.i.n o o ne.ga.i shi.ma.su
麻煩辦理住宿手續。

2 チェックアウトしたいんですが……。
che.k.ku.a.u.to.shi.ta.i n de.su ga
想辦理退房手續……。

3 ネットで予約した陳です。
ne.t.to de yo.ya.ku.shi.ta chi.n de.su
我是在網路上預約的，姓陳。

4 集合時間はいつですか。
shu.u.go.o ji.ka.n wa i.tsu de.su ka
集合時間是什麼時候呢？

5 観光する場所がたくさんありますね。
ka.n.ko.o.su.ru ba.sho ga ta.ku.sa.n a.ri.ma.su ne
有很多觀光的地方耶。

6 このガイドブックに載っているお店に行きたいんですが……。
ko.no ga.i.do.bu.k.ku ni no.t.te i.ru o mi.se ni i.ki.ta.i n de.su ga
我想去這本旅遊書上刊登的店……。

7 ツアーに参加したほうが楽ですよ。
tsu.a.a ni sa.n.ka.shi.ta ho.o ga ra.ku de.su yo
參加旅行團比較輕鬆喔。

生活會話我也會！

わたし： 温泉に行きたいんですが、おすすめの場所がありますか。
おんせん い　　　　　　　　　　　　 ばしょ

wa.ta.shi　o.n.se.n ni i.ki.ta.i n de.su ga o su.su.me no ba.sho ga a.ri.ma.su ka

日本人： 北海道の温泉はどうですか。冬はとくにいいみたいですよ。
に ほんじん　　ほっかいどう　　おんせん　　　　　　　　　　ふゆ

ni.ho.n.ji.n　ho.k.ka.i.do.o no o.n.se.n wa do.o de.su ka fu.yu wa to.ku.ni i.i mi.ta.i de.su yo

わたし： 寒くないですか。
さむ

wa.ta.shi　sa.mu.ku.na.i de.su ka

日本人： 寒くても、雪を見ながら入る露天風呂はきっと最高ですよ。
に ほんじん　さむ　　　　ゆき み　　　　 はい　ろてんぶろ　　　　　　 さいこう

ni.ho.n.ji.n　sa.mu.ku.te mo yu.ki o mi.na.ga.ra ha.i.ru ro.te.n.bu.ro wa ki.t.to sa.i.ko.o de.su yo

わたし： いいですね。週末、いっしょに行きませんか。
しゅうまつ　　　　　　い

wa.ta.shi　i.i de.su ne shu.u.ma.tsu i.s.sho ni i.ki.ma.se.n ka

日本人： 考えておきます
に ほんじん　かんが

ni.ho.n.ji.n　ka.n.ga.e.te o.ki.ma.su

我：	我想去（泡）溫泉，有推薦的地方嗎？
日本人：	北海道的溫泉如何呢？冬天好像特別好喔。
我：	不會冷嗎？
日本人：	即使冷，可以邊賞雪邊泡湯的露天溫泉一定很棒啊。
我：	好耶。週末，要不要一起去呢？
日本人：	我會考慮看看。

生活單字 吃到飽！

旅遊

たび
旅
< ta.bi > 旅行；旅遊

こくないりょこう
国内旅行
< ko.ku.na.i ryo.ko.o > 國內旅行

かいがいりょこう
海外旅行
< ka.i.ga.i ryo.ko.o > 國外旅行

りょこうがいしゃ
旅行会社
< ryo.ko.o.ga.i.sha > 旅行社

バックパッカー
< ba.k.ku.pa.k.ka.a > 背包客

ひとり たび
1人旅
< hi.to.ri ta.bi > 一個人旅行

ガイド
< ga.i.do > 導遊

てんじょういん
添乗員
< te.n.jo.o.i.n > 領隊

み
見どころ
< mi.do.ko.ro > 值得看的地方

いっぱくふつ か
1泊2日
< i.p.pa.ku fu.tsu.ka > 兩天一夜

に はくみっ か
2泊3日
< ni.ha.ku mi.k.ka > 三天兩夜

さんぱくよっ か
3泊4日
< sa.n.pa.ku yo.k.ka > 四天三夜

ご はくむい か
5泊6日
< go.ha.ku mu.i.ka > 六天五夜

かんこうあんないじょ
観光案内所
< ka.n.ko.o a.n.na.i.jo >
旅客服務中心

ひ がえ
日帰り
< hi.ga.e.ri > 當天來回

ホテル
< ho.te.ru > 飯店

りょかん
旅館
< ryo.ka.n > 旅館

みんしゅく
民宿
< mi.n.shu.ku > 民宿

ちょうしょく
朝食つき
< cho.o.sho.ku tsu.ki > 附早餐

キャンセル
< kya.n.se.ru > 取消

聊天 UNIT 03

08

スポーツ
運動 su.po.o.tsu

這句話最好用！

最近、 ゴルフ が上手になりました。
sa.i.ki.n go.ru.fu ga jo.o.zu ni na.ri.ma.shi.ta
最近高爾夫變厲害了。

套進去説説看

バスケットボール
< ba.su.ke.t.to.bo.o.ru > 籃球

卓球
< ta.k.kyu.u > 桌球

野球
< ya.kyu.u > 棒球

ダンス
< da.n.su > 舞蹈

テニス
< te.ni.su > 網球

水泳
< su.i.e.e > 游泳

最近、 打つの が上手になりました。
sa.i.ki.n u.tsu no ga jo.o.zu ni na.ri.ma.shi.ta
最近越打越好了。

最近、 泳ぐの が上手になりました。
sa.i.ki.n o.yo.gu no ga jo.o.zu ni na.ri.ma.shi.ta
最近游得越來越好了。

最近、 踊るの が上手になりました。
sa.i.ki.n o.do.ru no ga jo.o.zu ni na.ri.ma.shi.ta
最近跳得越來越好了。

連日本人都按讚！

① ふだん何か<ruby>運動<rt>うんどう</rt></ruby>をしていますか。
fu.da.n na.ni ka u.n.do.o o shi.te i.ma.su ka
平常做些什麼運動呢？

② <ruby>野球<rt>やきゅう</rt></ruby>の<ruby>試合<rt>しあい</rt></ruby>で<ruby>優勝<rt>ゆうしょう</rt></ruby>しました。
ya.kyu.u no shi.a.i de yu.u.sho.o.shi.ma.shi.ta
在棒球比賽得到冠軍了。

③ わたしは<ruby>毎朝<rt>まいあさ</rt></ruby>ジョギングをしています。
wa.ta.shi wa ma.i.a.sa jo.gi.n.gu o shi.te i.ma.su
我每天早上都慢跑。

④ <ruby>将来<rt>しょうらい</rt></ruby>、プロ<ruby>野球選手<rt>やきゅうせんしゅ</rt></ruby>になりたいです。
sho.o.ra.i pu.ro ya.kyu.u se.n.shu ni na.ri.ta.i de.su
將來，想當職業棒球選手。

⑤ ヨガは<ruby>体<rt>からだ</rt></ruby>にいいですよ。
yo.ga wa ka.ra.da ni i.i de.su yo
瑜珈對身體很好喔。

⑥ ダイエットしたいなら、<ruby>運動<rt>うんどう</rt></ruby>するのが<ruby>一番<rt>いちばん</rt></ruby>です。
da.i.e.t.to.shi.ta.i na.ra u.n.do.o.su.ru no ga i.chi.ba.n de.su
想要減肥的話，做運動最好。

⑦ <ruby>毎週金曜日<rt>まいしゅうきんようび</rt></ruby>、ジムに<ruby>通<rt>かよ</rt></ruby>っています。
ma.i.shu.u ki.n.yo.o.bi ji.mu ni ka.yo.t.te i.ma.su
每週五去健身房。

聊天 UNIT｜03｜

生活會話我也會！

わたし： 石原さん、上手になりましたね。
wa.ta.shi i.shi.ha.ra sa.n jo.o.zu ni na.ri.ma.shi.ta ne

日本人： いえ、まだまだです。
ni.ho.n.ji.n i.e ma.da.ma.da de.su

わたし： わたしもがんばらないと。
でも、ボールがなかなか飛ばなくて……。
wa.ta.shi wa.ta.shi mo ga.n.ba.ra.na.i to de.mo bo.o.ru ga na.ka.na.ka to.ba.na.ku.te

日本人： ゴルフは基本が大事です。それさえできれば、
あとは簡単ですよ。
ni.ho.n.ji.n go.ru.fu wa ki.ho.n ga da.i.ji de.su so.re sa.e de.ki.re.ba
a.to wa ka.n.ta.n de.su yo

わたし： はい、がんばります。あっ、先生が来た。
wa.ta.shi ha.i ga.n.ba.ri.ma.su a.t se.n.se.e ga ki.ta

日本人： 先生、今日もよろしくお願いします。
ni.ho.n.ji.n se.n.se.e kyo.o mo yo.ro.shi.ku o ne.ga.i shi.ma.su

我： 石原先生，你變得很厲害喔。
日本人： 不，還不夠。
我： 我也得加油。可是球怎麼都不飛……。
日本人： 高爾夫球最重要的是基礎。
只要會那個的話，其他都很簡單喔。
我： 好，我會加油。啊，老師來了。
日本人： 老師，今天也請多多指教。

生活單字 吃到飽！

バレーボール
＜ ba.re.e.bo.o.ru ＞ 排球

サッカー
＜ sa.k.ka.a ＞ 足球

ボウリング
＜ bo.o.ri.n.gu ＞ 保齡球

バドミントン
＜ ba.do.mi.n.to.n ＞ 羽毛球

スキー
＜ su.ki.i ＞ 滑雪

スケート
＜ su.ke.e.to ＞ 滑冰

たいきょくけん
太極拳
＜ ta.i.kyo.ku.ke.n ＞ 太極拳

き こう
気功
＜ ki.ko.o ＞ 氣功

から て
空手
＜ ka.ra.te ＞ 空手道

けんどう
剣道
＜ ke.n.do.o ＞ 劍道

じゅうどう
柔道
＜ ju.u.do.o ＞ 柔道

すもう
相撲
＜ su.mo.o ＞ 相撲

バレエ
＜ ba.re.e ＞ 芭蕾

マラソン
＜ ma.ra.so.n ＞ 馬拉松

ジョギング
＜ jo.gi.n.gu ＞ 慢跑

か
勝つ
＜ ka.tsu ＞ 贏

ま
負ける
＜ ma.ke.ru ＞ 輸

オリンピック
＜ o.ri.n.pi.k.ku ＞ 奧林匹克運動會

きん
金メダル
＜ ki.n.me.da.ru ＞ 金牌

プロ
＜ pu.ro ＞ 職業選手；高手

09

ペット

寵物 pe.t.to

這句話最好用！

子どもに 猫の世話 をさせます。

ko.do.mo ni ne.ko no se.wa o sa.se.ma.su

我叫孩子照顧貓。

套進去說說看

犬の世話
< i.nu no se.wa > 照顧狗

インコの世話
< i.n.ko no se.wa > 照顧鸚哥

うさぎの世話
< u.sa.gi no se.wa > 照顧兔子

ぶたの世話
< bu.ta no se.wa > 照顧豬

犬小屋の掃除
< i.nu go.ya no so.o.ji > 打掃狗屋

飼育小屋の片づけ
< shi.i.ku go.ya no ka.ta.zu.ke >
整理飼養（寵物）的小屋

子どもに 犬のしつけ をさせます。

ko.do.mo ni i.nu no shi.tsu.ke o sa.se.ma.su

我叫孩子訓練狗。

子どもに ペット用品の買い物 をさせます。

ko.do.mo ni pe.t.to yo.o.hi.n no ka.i.mo.no o sa.se.ma.su

我叫孩子買寵物用品。

子どもに 猫の遊び相手 をさせます。

ko.do.mo ni ne.ko no a.so.bi a.i.te o sa.se.ma.su

我叫孩子當貓的玩伴。

連日本人都按讚！

1 何^{なに}かペットを飼<sup>か</sup っていますか。

na.ni ka pe.t.to o ka.t.te i.ma.su ka

有飼養什麼寵物嗎？

2 猫^{ねこ}を2匹^{にひき}と犬^{いぬ}を1匹^{いっぴき}飼^かっています。

ne.ko o ni.hi.ki to i.nu o i.p.pi.ki ka.t.te i.ma.su

養了二隻貓與一隻狗。

3 動物^{どうぶつ}が好^すきなので、ペットショップでバイトしています。

do.o.bu.tsu ga su.ki.na no.de pe.t.to sho.p.pu de ba.i.to.shi.te i.ma.su

因為喜歡動物，所以在寵物店打工。

4 うちの猫^{ねこ}はすごくかわいいです。

u.chi no ne.ko wa su.go.ku ka.wa.i.i de.su

我家的貓非常可愛。

5 ペットの写真集^{しゃしんしゅう}を作^{つく}りたいです。

pe.t.to no sha.shi.n.shu.u o tsu.ku.ri.ta.i de.su

想製作寵物的寫真集。

6 猫^{ねこ}にひっかかれて血^ちが出^でました。

ne.ko ni hi.k.ka.ka.re.te chi ga de.ma.shi.ta

被貓抓到，流血了。

7 うちのインコはおしゃべりが上手^{じょうず}です。

u.chi no i.n.ko wa o sha.be.ri ga jo.o.zu de.su

我家的鸚哥很會說話。

生活會話我也會！

わたし：　健太くんがごみを出しに行くんですか。
wa.ta.shi　ke.n.ta ku.n ga go.mi o da.shi ni i.ku n de.su ka

日本人：　ええ、子どもにもいろいろ手伝いをさせないと。
ni.ho.n.ji.n　e.e ko.do.mo ni mo i.ro.i.ro te.tsu.da.i o sa.se.na.i to

わたし：　そうですね。
wa.ta.shi　so.o de.su ne

日本人：　犬を飼うとき約束したんですよ。飼うかわりに、
　　　　　犬の世話とごみ捨ては健太の仕事って。
ni.ho.n.ji.n　i.nu o ka.u to.ki ya.ku.so.ku.shi.ta n de.su yo ka.u ka.wa.ri ni

　　　　　　　i.nu no se.wa to go.mi su.te wa ke.n.ta no shi.go.to t.te

わたし：　なるほど。
wa.ta.shi　na.ru.ho.do

日本人：　大人も頭を使わないとね（笑い）。
ni.ho.n.ji.n　o.to.na mo a.ta.ma o tsu.ka.wa.na.i to ne wa.ra.i

我：	健太去倒垃圾嗎？
日本人：	是的，應該讓孩子幫各種忙。
我：	説得對。
日本人：	養狗的時候就約好了喔。説好養狗的話，照顧狗和
	倒垃圾是健太的工作。
我：	原來如此。
日本人：	大人也應該要動腦吧（笑）。

生活單字吃到飽！

動 物

オウム
< o.o.mu > 鸚鵡

ドッグフード
< do.g.gu fu.u.do > 狗飼料

キャットフード
< kya.t.to fu.u.do > 貓飼料

_{かんづめ}缶詰
< ka.n.zu.me > 罐頭

_{とり}鳥かご
< to.ri.ka.go > 鳥籠

_{くび わ}首輪
< ku.bi.wa > 項圈

_{ねこずな}猫砂
< ne.ko.zu.na > 貓砂

_{つめ}爪とぎ_き器
< tsu.me.to.gi.ki > 磨爪器

_{こ いぬ}子犬
< ko.i.nu > 小狗

_{こ ねこ}子猫
< ko.ne.ko > 小貓

_{こんちゅう}昆虫
< ko.n.chu.u > 昆蟲

_{へび}蛇
< he.bi > 蛇

_{ねったいぎょ}熱帯魚
< ne.t.ta.i.gyo > 熱帶魚

_{きんぎょ}金魚
< ki.n.gyo > 金魚

_{すいそう}水槽
< su.i.so.o > 水槽

_{のみ}蚤
< no.mi > 跳蚤

おもちゃ
< o.mo.cha > 玩具

_{じゅう い}獣医
< ju.u.i > 獸醫

_{いぬ さん ぽ}犬の散歩
< i.nu no sa.n.po > 遛狗

_{もうどうけん}盲導犬
< mo.o.do.o.ke.n > 導盲犬

聊天 UNIT 03

10

レジャー
休閒 re.ja.a

ひまなら、**カラオケに行き** ましょう。
hi.ma na.ra ka.ra.o.ke ni i.ki.ma.sho.o
有空的話，去卡拉OK吧。

套進去説説看

釣りに行き
< tsu.ri ni i.ki > 去釣魚

テレビゲームをし
< te.re.bi ge.e.mu o shi > 打電玩

トランプをし
< to.ra.n.pu o shi > 玩撲克牌

チェスをし
< che.su o shi > 玩西洋棋

ネットカフェに行き
< ne.t.to.ka.fe ni i.ki > 去網咖

パチンコに行き
< pa.chi.n.ko ni i.ki > 去柏青哥

ひまなら、**飲みに行き** ましょう。
hi.ma na.ra no.mi ni i.ki.ma.sho.o
有空的話，去喝酒吧。

ひまなら、**美術館に行き** ましょう。
hi.ma na.ra bi.ju.tsu.ka.n ni i.ki.ma.sho.o
有空的話，去美術館吧。

ひまなら、**マージャンをし** ましょう。
hi.ma na.ra ma.a.ja.n o shi.ma.sho.o
有空的話，打麻將吧。

連日本人都按讚！

1 動物園にパンダを見に行きませんか。
do.o.bu.tsu.e.n ni pa.n.da o mi ni i.ki.ma.se.n ka
要不要去動物園看貓熊呢？

2 遊園地でジェットコースターに乗りました。
yu.u.e.n.chi de je.t.to.ko.o.su.ta.a ni no.ri.ma.shi.ta
在遊樂園坐了雲霄飛車。

3 東京ディズニーランドに行ったことがありますか。
to.o.kyo.o di.zu.ni.i.ra.n.do ni i.t.ta ko.to ga a.ri.ma.su ka
有去過東京迪士尼樂園嗎？

4 ひまなときはネットショッピングを楽しみます。
hi.ma.na to.ki wa ne.t.to sho.p.pi.n.gu o ta.no.shi.mi.ma.su
有空的話，會開心網購。

5 母の趣味は絵を描くことです。
ha.ha no shu.mi wa e o ka.ku ko.to de.su
母親的興趣是畫畫。

6 休みの日は何をしますか。
ya.su.mi no hi wa na.ni o shi.ma.su ka
放假的日子都做什麼呢？

7 つまらないので、テレビを見ましょう。
tsu.ma.ra.na.i no.de te.re.bi o mi.ma.sho.o
因為無聊，所以看電視吧。

生活會話我也會！

・・

わたし： お休みの日はいつも何をしますか。
wa.ta.shi　o ya.su.mi no hi wa i.tsu.mo na.ni o shi.ma.su ka

日本人： わたしは絵が好きなので、絵を描いたり、
美術館に行ったりします。
ni.ho.n.ji.n　wa.ta.shi wa e ga su.ki.na no.de e o ka.i.ta.ri bi.ju.tsu.ka.n ni i.t.ta.ri shi.ma.su

わたし： すてきですね。
wa.ta.shi　su.te.ki de.su ne

日本人： 陳さんは？
ni.ho.n.ji.n　chi.n sa.n wa

わたし： わたしはゴルフの練習をしたり、料理をしたりします。
wa.ta.shi　wa.ta.shi wa go.ru.fu no re.n.shu.u o shi.ta.ri ryo.o.ri o shi.ta.ri shi.ma.su

日本人： たまにはいっしょに遊びましょう。
ni.ho.n.ji.n　ta.ma ni wa i.s.sho ni a.so.bi.ma.sho.o

我： 休閒時間都做什麼呢？
日本人： 因為我喜歡畫畫，所以會畫畫、去美術館。
我： 很棒耶。
日本人： 陳小姐呢？
我： 我會練高爾夫、做菜。
日本人： 偶爾一起玩吧。

生活單字
吃到飽！

休．閒．活．動

すいぞくかん
水族館
< su.i.zo.ku.ka.n > 水族館

び じゅつかん
美術館
< bi.ju.tsu.ka.n > 美術館

はくぶつかん
博物館
< ha.ku.bu.tsu.ka.n > 博物館

ゲームセンター
< ge.e.mu.se.n.ta.a > 電動遊樂場

テーマパーク
< te.e.ma.pa.a.ku > 主題遊樂園

こうえん
公園
< ko.o.e.n > 公園

ハイキング
< ha.i.ki.n.gu > 健行

い ご
囲碁
< i.go > 圍棋

しょう ぎ
将棋
< sho.o.gi > 日本象棋

ガーデニング
< ga.a.de.ni.n.gu > 園藝

バードウォッチング
< ba.a.do.wo.c.chi.n.gu > 賞鳥

さつえい
撮影
< sa.tsu.e.e > 攝影

ちょうこく
彫刻
< cho.o.ko.ku > 雕刻

かい が
絵画
< ka.i.ga > 繪畫

ようさい
洋裁
< yo.o.sa.i > 裁縫

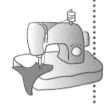

インターネット
< i.n.ta.a.ne.t.to > 網際網路

キャンプ
< kya.n.pu > 露營

どくしょ
読書
< do.ku.sho > 閱讀

マッサージ
< ma.s.sa.a.ji > 按摩

プール
< pu.u.ru > 游泳池

聊天 UNIT｜03｜

11

ふうぞくしゅうかん
風俗習慣

風俗習慣 fu.u.zo.ku shu.u.ka.n

這句話最好用！

きんじょ　　ひと　　はな み　　　　さそ
近所の人が 花見 に誘ってくれました。

ki.n.jo no hi.to ga ha.na.mi ni sa.so.t.te ku.re.ma.shi.ta

鄰居邀請（我）賞花。

套進去說說看

はつもうで
初詣
< ha.tsu.mo.o.de > 新年參拜

しんねんかい
新年会
< shi.n.ne.n.ka.i > 新年會

なつまつ
夏祭り
< na.tsu ma.tsu.ri > 夏季廟會

はな び　たいかい
花火大会
< ha.na.bi ta.i.ka.i > 煙火節

クリスマスパーティー
< ku.ri.su.ma.su pa.a.ti.i > 聖誕派對

ぼうねんかい
忘年会
< bo.o.ne.n.ka.i > 尾牙

- -

きんじょ　　ひと　　けっこんしき　　　さそ
近所の人が 結婚式 に誘ってくれました。

ki.n.jo no hi.to ga ke.k.ko.n.shi.ki ni sa.so.t.te ku.re.ma.shi.ta

鄰居邀請（我參加）婚禮。

きんじょ　　ひと　　か ぶ き　　かんしょう　　さそ
近所の人が 歌舞伎の鑑賞 に誘ってくれました。

ki.n.jo no hi.to ga ka.bu.ki no ka.n.sho.o ni sa.so.t.te ku.re.ma.shi.ta

鄰居邀請（我）觀賞歌舞伎。

きんじょ　　ひと　　い　　ばなきょうしつ　　さそ
近所の人が 生け花教室 に誘ってくれました。

ki.n.jo no hi.to ga i.ke.ba.na kyo.o.shi.tsu ni sa.so.t.te ku.re.ma.shi.ta

鄰居邀請（我參加）插花教室。

連日本人都按讚！

① 日本人はほんとに礼儀正しいですね。

ni.ho.n.ji.n wa ho.n.to.ni re.e.gi ta.da.shi.i de.su ne

日本人真的很有禮貌耶。

② 外国人にとって正座はつらいです。

ga.i.ko.ku.ji.n ni to.t.te se.e.za wa tsu.ra.i de.su

對外國人來說，正座（跪坐）很辛苦。

③ 女の子は成人式のときに着物を着ます。

o.n.na.no.ko wa se.e.ji.n.shi.ki no to.ki ni ki.mo.no o ki.ma.su

女孩在成人節時會穿和服。

④ 日本では火葬が一般的です。

ni.ho.n de wa ka.so.o ga i.p.pa.n.te.ki de.su

日本一般來說是火葬。

⑤ 着物を着た日本人女性はすてきです。

ki.mo.no o ki.ta ni.ho.n.ji.n jo.se.e wa su.te.ki de.su

穿和服的日本女生很漂亮。

⑥ 神社でお守りを買いました。

ji.n.ja de o.ma.mo.ri o ka.i.ma.shi.ta

在神社買了護身符。

⑦ 甘い和菓子には渋めのお茶がよく合います。

a.ma.i wa.ga.shi ni wa shi.bu.me no o.cha ga yo.ku a.i.ma.su

甜的和菓子非常適合有點澀的茶。

生活會話我也會！

日本人（にほんじん）： 招き猫（まねきねこ）のキーホルダー、かわいいですね。
ni.ho.n.ji.n ma.ne.ki.ne.ko no ki.i.ho.ru.da.a ka.wa.i.i de.su ne

わたし： ええ、アメリカ人（じん）の友人（ゆうじん）が買（か）ってくれたんです。
お金持（かねも）ちになれるように。
wa.ta.shi e.e a.me.ri.ka ji.n no yu.u.ji.n ga ka.t.te ku.re.ta n de.su
o ka.ne.mo.chi ni na.re.ru yo.o ni

日本人（にほんじん）： あれっ。でもこれは左手（ひだりて）をあげているから、
お金（かね）じゃなくて、人（ひと）を招（まね）くって意味（いみ）ですよ。
ni.ho.n.ji.n a.re.t de.mo ko.re wa hi.da.ri.te o a.ge.te i.ru ka.ra
o ka.ne ja na.ku.te hi.to o ma.ne.ku t.te i.mi de.su yo

わたし： えっ、そうなんですか。
wa.ta.shi e.t so.o na n de.su ka

日本人（にほんじん）： よくお店（みせ）におかれているでしょう。
お客（きゃく）さんを招（まね）くからなんですよ。
ni.ho.n.ji.n yo.ku o mi.se ni o.ka.re.te i.ru de.sho.o
o kya.ku sa.n o ma.ne.ku ka.ra na n de.su yo

わたし： わたしは金運（きんうん）を招（まね）いてほしいです。
wa.ta.shi wa.ta.shi wa ki.n.u.n o ma.ne.i.te ho.shi.i de.su

日本人： 招財貓的鑰匙圈，好可愛喔。
我： 是啊，美國朋友買給我的。為了可以變成有錢人。
日本人： 欸？可是這是舉左手，所以不是招財，而是招人（客
人）的意思喔。
我： 咦？那樣子噢。
日本人： 常（看到）放在店裡吧。因為會招來客人喔。
我： 我希望招來財運。

生活單字 吃到飽！

お辞儀
< o.ji.gi > 鞠躬；行禮

あいづち
< a.i.zu.chi > 附和

お中元
< o.chu.u.ge.n > 中元節送的禮物

お歳暮
< o.se.e.bo > 歲末送的禮物

お年玉
< o.to.shi.da.ma > 壓歲錢

マナー
< ma.na.a > 禮儀

ルール
< ru.u.ru > 規則

大みそか
< o.o.mi.so.ka > 除夕

墓参り
< ha.ka.ma.i.ri > 掃墓

着物
< ki.mo.no > 和服

浴衣
< yu.ka.ta > 浴衣

下駄
< ge.ta > 木屐

侍
< sa.mu.ra.i > 武士

華道
< ka.do.o > 花道

書道
< sho.do.o > 書道

茶道
< sa.do.o > 茶道

歌舞伎
< ka.bu.ki > 歌舞伎

日本舞踊
< ni.ho.n bu.yo.o > 日本舞蹈

能
< no.o > 能劇

落語
< ra.ku.go > 單口相聲

聊天 UNIT 03

日本是
女性的天堂？

　　很多人對日本的印象，都是男女不平等吧。但實際生活在日本就會發現，其實現在日本的社會也漸漸改變了。比方説「レディースデー」（＜ re.di.i.su de.e ＞；女士日）、「レディースプラン」（＜ re.di.i.su pu.ra.n ＞；女士專案）、「女性専用車両」（じょせいせんようしゃりょう）（＜ jo.se.e.se.n.yo.o sha.ryo.o ＞；女性專用車廂）等……，這些專為女性提供的各種優惠服務，隨處可見於餐廳、大飯店、旅行、電影院、居酒屋、派對等地方，讓女性們享有特權。

　　有一次我和外國朋友們在日本餐廳用餐，那一天剛好是餐廳的「女士日」，所以我們每個女生都收到一杯免費紅酒和小蛋糕。這時候男生朋友表示：「服務業不可有性別差別待遇，特別是這種女士日等優待，更證明日本就是男女不平等的社會。」或許我是受優惠的女性吧！所以當下説：「沒有那麼嚴重吧，這只是一種讓女生們開心的服務而已。如果女生開心，陪伴的男性不也跟著開心嗎？」

　　據説台灣也有「女性專用車廂」，但好像不是很成功？舉日本JR西日本的例子來説，該公司將「女性專用車廂」的時間，設定在平日人擠人的早晚尖峰時段，再加上小學六年級以下的男孩，以及有女性隨伴的行動不便者也可以進入該車廂，由於十分人性化，所以做得十分成功。話説回來，日本電車在尖峰時段，人真的多到離譜，所以色

狼才會有機可趁吧。相較之下，或許台灣社會男女平等，女性本就地位崇高，所以女性才不需要特別的服務吧。回頭想想，或許我的那位外國男性朋友說得有理，「女士優惠」這種日本獨特的產物，是因為日本男女不平等才產生的吧。

　　打電話回日本時聽到話筒裡有小孩的聲音，老爸說是我表弟的五歲孩子。他住在附近，偶爾會來我家玩。通常在玩iPad的他，最近在幼稚園學會「1、2、3，木頭人」遊戲之後就迷上了，常常找我爸媽一起玩。雖然我爸嘴上說好累，但聽起來玩得很開心的樣子。我也好想一起玩喔。

Tomoko：だるまさんが転んだ。

<　da.ru.ma sa.n ga ko.ro.n.da　>

1、2、3，木頭人。

（直譯：不倒翁跌倒了。）

だるまさんがころんだ：1、2、3，木頭人

こわいよ：好可怕噢

ぴたっ：突然停～

どてっ：倒～

Unit 04

ばしょ
場所
[ba.sho
場所

スーパー 超市	レストラン 餐廳
デパート 百貨公司	注文する ちゅうもん 點菜
コンビニ 便利商店	勘定する かんじょう 結帳
銀行 ぎんこう 銀行	本屋 ほん や 書店
日本料理店 に ほんりょう り てん 日本料理店	美容院 び よういん 美容院

スーパー
超市 su.u.pa.a

這句話最好用！

この店の 肉類 は他店に比べて安いです。
ko.no mi.se no ni.ku.ru.i wa ta.te.n ni ku.ra.be.te ya.su.i de.su
這家店的肉類和其他店比起來較便宜。

套進去說說看

冷凍食品
< re.e.to.o sho.ku.hi.n > 冷凍食品

生鮮食品
< se.e.se.n sho.ku.hi.n > 生鮮食品

魚介類
< gyo.ka.i.ru.i > 魚貝類

野菜
< ya.sa.i > 蔬菜

果物
< ku.da.mo.no > 水果

日用品
< ni.chi.yo.o.hi.n > 日常用品

この店の 菓子類 は他店に比べて安いです。
ko.no mi.se no ka.shi.ru.i wa ta.te.n ni ku.ra.be.te ya.su.i de.su
這家店的零食類和其他店比起來較便宜。

この店の お惣菜 は他店に比べて安いです。
ko.no mi.se no o so.o.za.i wa ta.te.n ni ku.ra.be.te ya.su.i de.su
這家店的熟食（家常菜）和其他店比起來較便宜。

この店の 乾物類 は他店に比べて安いです。
ko.no mi.se no ka.n.bu.tsu.ru.i wa ta.te.n ni ku.ra.be.te ya.su.i de.su
這家店的乾貨和其他店比起來較便宜。

連日本人都按讚！

1 今日は特売日です。
きょう　とくばいび
kyo.o wa to.ku.ba.i.bi de.su
今天是特價日。

2 生理用ナプキンは置いてありますか。
せいりよう　　　　　　お
se.e.ri.yo.o na.pu.ki.n wa o.i.te a.ri.ma.su ka
有賣生理期用的衛生棉嗎？

3 タバコは置いてないですよね。
お
ta.ba.ko wa o.i.te na.i de.su yo ne
沒有賣香菸是吧。

4 うちまで遠いので、ドライアイスをもらえますか。
とお
u.chi ma.de to.o.i no.de do.ra.i.a.i.su o mo.ra.e.ma.su ka
因為離我家很遠，可以給（我）乾冰嗎？

5 エコバッグがありますから、袋はいいです。
ふくろ
e.ko.ba.g.gu ga a.ri.ma.su ka.ra fu.ku.ro wa i.i de.su
因為我有環保袋，所以不用袋子。

6 この魚はあまり新鮮じゃありません。
さかな　　　　　しんせん
ko.no sa.ka.na wa a.ma.ri shi.n.se.n ja a.ri.ma.se.n
這條魚不太新鮮。

7 りんごはもう売り切れてしまいました。
う　き
ri.n.go wa mo.o u.ri.ki.re.te shi.ma.i.ma.shi.ta
蘋果已經賣完了。

生活會話我也會！

日本人： 陳さん、このスーパーは初めてですか。
ni.ho.n.ji.n　chi.n sa.n ko.no su.u.pa.a wa ha.ji.me.te de.su ka

わたし： はい、いつもは近所の小さいスーパーで買っています。
wa.ta.shi　ha.i i.tsu.mo wa ki.n.jo no chi.i.sa.i su.u.pa.a de ka.t.te i.ma.su

日本人： この店のものは他店に比べて安いですから、
おすすめですよ。
ni.ho.n.ji.n　ko.no mi.se no mo.no wa ta.te.n ni ku.ra.be.te ya.su.i de.su ka.ra
o.su.su.me de.su yo

わたし： そうですか。あっ、あそこに行列が……。
wa.ta.shi　so.o de.su ka a.t a.so.ko ni gyo.o.re.tsu ga

日本人： お肉の安売りですね。わたしたちも並びましょう。
ni.ho.n.ji.n　o ni.ku no ya.su.u.ri de.su ne wa.ta.shi ta.chi mo na.ra.bi.ma.sho.o

わたし： はい。
wa.ta.shi　ha.i

日本人： 陳小姐，第一次來這家超市嗎？
我： 是的，通常都是在家裡附近的小超市買。
日本人： 因為這家店的東西和其他店比起來較便宜，
所以很推薦喔。
我： 是喔。啊，那裡排起隊了……。
日本人： 是肉的促銷耶。我們也去排吧。
我： 好的。

生活單字
吃到飽！

超市

買い物かご
< ka.i.mo.no ka.go > 購物籃

店員
< te.n.i.n > 店員

お客
< o kya.ku > 客人

レジ
< re.ji > 收銀台

レジ係
< re.ji.ga.ka.ri > 收銀台負責人

バーコード
< ba.a.ko.o.do > 條碼

スキャナー
< su.kya.na.a > 條碼掃描器

レシート
< re.shi.i.to > 發票

ビニール袋
< bi.ni.i.ru.bu.ku.ro > 塑膠袋

試食
< shi.sho.ku > 試吃

メンバーズカード
< me.n.ba.a.zu ka.a.do > 會員卡

割引き
< wa.ri.bi.ki > 打折

在庫セール
< za.i.ko se.e.ru > 庫存特賣

5割引き
< go.wa.ri.bi.ki > 打五折

乳製品
< nyu.u.se.e.hi.n > 乳製品

包装
< ho.o.so.o > 包裝

ペット用品
< pe.t.to yo.o.hi.n > 寵物用品

３０パーセントオフ
< sa.n.ju.p.pa.a.se.n.to o.fu >
打七折

半額セール
< ha.n.ga.ku se.e.ru > 打對折

タイムサービス
< ta.i.mu sa.a.bi.su > 限時特賣

02

デパート

百貨公司 de.pa.a.to

這句話最好用！

デパートで食事したついでに、 シャツ を買いました。
de.pa.a.to de sho.ku.ji.shi.ta tsu.i.de.ni sha.tsu o ka.i.ma.shi.ta
在百貨公司用餐時，順便買了襯衫。

套進去説説看

ズボン
< zu.bo.n > 褲子

ワンピース
< wa.n.pi.i.su > 洋裝

ジャケット
< ja.ke.t.to > 夾克；外套

コート
< ko.o.to > 大衣

下着
< shi.ta.gi > 內衣內褲

ネクタイ
< ne.ku.ta.i > 領帶

デパートで食事したついでに、 靴 を買いました。
de.pa.a.to de sho.ku.ji.shi.ta tsu.i.de.ni ku.tsu o ka.i.ma.shi.ta
在百貨公司用餐時，順便買了鞋子。

デパートで食事したついでに、 食器 を買いました。
de.pa.a.to de sho.ku.ji.shi.ta tsu.i.de.ni sho.k.ki o ka.i.ma.shi.ta
在百貨公司用餐時，順便買了餐具。

デパートで食事したついでに、 化粧品 を買いました。
de.pa.a.to de sho.ku.ji.shi.ta tsu.i.de.ni ke.sho.o.hi.n o ka.i.ma.shi.ta
在百貨公司用餐時，順便買了化妝品。

連日本人都按讚！

1 スポーツ用品売り場は何階ですか。
su.po.o.tsu yo.o.hi.n u.ri.ba wa na.n.ga.i de.su ka
運動用品賣場在幾樓呢？

2 何をお探しでしょうか。
na.ni o o sa.ga.shi de.sho.o ka
您在找些什麼呢？

3 残念ですが、もう売り切れてしまいました。
za.n.ne.n de.su ga mo.o u.ri.ki.re.te shi.ma.i.ma.shi.ta
好可惜，已經賣完了。

4 お取り寄せをお願いできますか。
o to.ri.yo.se o o ne.ga.i de.ki.ma.su ka
可以麻煩您調貨嗎？

5 試着してみてもいいですか。
shi.cha.ku.shi.te mi.te mo i.i de.su ka
可以試穿看看嗎？

6 もう少し短めの丈がいいんですが……。
mo.o su.ko.shi mi.ji.ka.me no ta.ke ga i.i n de.su ga
想要再稍微短一點的長度……。

7 これの色ちがいはありますか。
ko.re no i.ro chi.ga.i wa a.ri.ma.su ka
有這個的不同顏色的嗎？

生活會話我也會！

店員：　いらっしゃいませ。何をお探しでしょうか。

te.n.i.n　i.ra.s.sha.i.ma.se na.ni o o sa.ga.shi de.sho.o ka

わたし：　友だちの結婚式で着る服です。

wa.ta.shi　to.mo.da.chi no ke.k.ko.n.shi.ki de ki.ru fu.ku de.su

店員：　それでしたら、こちらのワンピースはいかがですか。
　　　　シンプルですから、ふだんでも着られますよ。

te.n.i.n　so.re.de.shi.ta.ra ko.chi.ra no wa.n.pi.i.su wa i.ka.ga de.su ka

　　　　shi.n.pu.ru de.su ka.ra fu.da.n de.mo ki.ra.re.ma.su yo

わたし：　ちょっと地味じゃないですか。

wa.ta.shi　cho.t.to ji.mi ja na.i de.su ka

店員：　最近はこういうのが流行ってるんですよ。これに
　　　　華やかなコサージュとかスカーフとかを合わせるんです。

te.n.i.n　sa.i.ki.n wa ko.o.i.u no ga ha.ya.t.te.ru n de.su yo ko.re ni

　　　　ha.na.ya.ka.na ko.sa.a.ju to.ka su.ka.a.fu to.ka o a.wa.se.ru n de.su

わたし：　よさそうですね。
　　　　服を買うついでに、アクセサリーも買いましょう。

wa.ta.shi　yo.sa.so.o de.su ne fu.ku o ka.u tsu.i.de.ni a.ku.se.sa.ri.i mo ka.i.ma.sho.o

店員：	歡迎光臨。您在找些什麼呢？
我：	在朋友結婚典禮穿的衣服。
店員：	那樣的話，這裡的洋裝如何呢？
	因為簡單素雅，平常也可以穿喔。
我：	會不會有點樸素呢？
店員：	最近流行這種喔。可以在這上面搭配華麗的花飾或
	絲巾等等。
我：	好像不錯耶。趁買衣服也順便買配件吧。

生活單字
吃到飽！

エレベーター
< e.re.be.e.ta.a > 電梯

エスカレーター
< e.su.ka.re.e.ta.a > 手扶梯

売り場
< u.ri.ba > 賣場

案内所
< a.n.na.i.jo > 詢問處

クリアランスセール
< ku.ri.a.ra.n.su.se.e.ru > 清倉大拍賣

レストラン街
< re.su.to.ra.n.ga.i > 美食街

サイズ
< sa.i.zu > 尺寸

婦人服
< fu.ji.n.fu.ku > 女裝

紳士服
< shi.n.shi.fu.ku > 男裝

ヤングファッション
< ya.n.gu.fa.s.sho.n > 青少年服飾

インテリア
< i.n.te.ri.a > 家飾

子ども服
< ko.do.mo.fu.ku > 童裝

宝石
< ho.o.se.ki > 珠寶

革製品
< ka.wa.se.e.hi.n > 皮件

セール会場
< se.e.ru ka.i.jo.o > 拍賣會場

ショーウインドー
< sho.o.u.i.n.do.o >
櫥窗；展示窗

マネキン
< ma.ne.ki.n > 人體模型

一括払い
< i.k.ka.tsu.ba.ra.i > 一次付清

分割払い
< bu.n.ka.tsu.ba.ra.i > 分期付款

ポイントカード
< po.i.n.to.ka.a.do > 集點卡

03

コンビニ
便利商店 ko.n.bi.ni

這句話最好用！

寒^{さむ}くなるにつれて、 おでん が売^うれ出^だします。
sa.mu.ku.na.ru ni tsu.re.te o.de.n ga u.re.da.shi.ma.su
隨著變冷，關東煮也開始熱賣。

套進去說說看 ➡

ホッカイロ
< ho.k.ka.i.ro > 暖暖包

靴下^{くつした}
< ku.tsu.shi.ta > 襪子

カップラーメン
< ka.p.pu ra.a.me.n > 杯麵

肉まん^{にく}
< ni.ku.ma.n > 肉包

おべんとう
< o be.n.to.o > 便當

あんまん
< a.n.ma.n > 豆沙包

寒^{さむ}くなるにつれて、 カップスープ が売^うれ出^だします。
sa.mu.ku.na.ru ni tsu.re.te ka.p.pu su.u.pu ga u.re.da.shi.ma.su
隨著變冷，杯湯也開始熱賣。

寒^{さむ}くなるにつれて、 温^{あたた}かい食^たべもの が売^うれ出^だします。
sa.mu.ku.na.ru ni tsu.re.te a.ta.ta.ka.i ta.be.mo.no ga u.re.da.shi.ma.su
隨著變冷，熱食也開始熱賣。

寒^{さむ}くなるにつれて、 ホットコーヒー が売^うれ出^だします。
sa.mu.ku.na.ru ni tsu.re.te ho.t.to ko.o.hi.i ga u.re.da.shi.ma.su
隨著變冷，熱咖啡也開始熱賣。

連日本人都按讚！

① コンビニは２４時間営業しているので便利です。

ko.n.bi.ni wa ni.ju.u.yo.ji.ka.n e.e.gyo.o.shi.te i.ru no.de be.n.ri de.su

因為便利商店是二十四小時營業，所以很方便。

② 深夜、おなかが空くと、コンビニに行きます。

shi.n.ya o.na.ka ga su.ku to ko.n.bi.ni ni i.ki.ma.su

半夜肚子餓的話，就去便利商店。

③ コンビニのおべんとうにはカロリーが表示してあります。

ko.n.bi.ni no o be.n.to.o ni wa ka.ro.ri.i ga hyo.o.ji.shi.te a.ri.ma.su

便利商店的便當有標出卡路里。

④ 衣類や文房具など何でも売っています。

i.ru.i ya bu.n.bo.o.gu na.do na.n de.mo u.t.te i.ma.su

衣服類或文具等，什麼都有賣。

⑤ 入れたてのコーヒーが飲めます。

i.re.ta.te no ko.o.hi.i ga no.me.ma.su

可以喝現煮的咖啡。

⑥ コンビニは年中無休です。

ko.n.bi.ni wa ne.n.ju.u mu.kyu.u de.su

便利商店是全年無休。

⑦ 学生のとき、コンビニでバイトしたことがあります。

ga.ku.se.e no to.ki ko.n.bi.ni de ba.i.to.shi.ta ko.to ga a.ri.ma.su

學生時期，有在便利商店打過工。

場所 UNIT｜04｜

生活會話我也會！

わたし： どうして冷やし中華がおいてないんですか。

wa.ta.shi　do.o.shi.te hi.ya.shi.chu.u.ka ga o.i.te na.i n de.su ka

店員： 涼しくなるにつれて、売れなくなりますから……。

te.n.i.n　su.zu.shi.ku.na.ru ni tsu.re.te u.re.na.ku na.ri.ma.su ka.ra

わたし： そうですか。

wa.ta.shi　so.o de.su ka

店員： こちらのうどんなんかどうですか。
温めても冷やしても食べられます。

te.n.i.n　ko.chi.ra no u.do.n na.n.ka do.o de.su ka
a.ta.ta.me.te mo hi.ya.shi.te mo ta.be.ra.re.ma.su

わたし： 初めて見ました。

wa.ta.shi　ha.ji.me.te mi.ma.shi.ta

店員： おととい入ったばかりの新商品です。

te.n.i.n　o.to.to.i ha.i.t.ta ba.ka.ri no shi.n.sho.o.hi.n de.su

---

我： 為什麼沒有賣中華涼麵呢？
店員： 因為隨著變涼，賣不出去了……。
我： 是喔。
店員： 這邊的烏龍麵之類的如何呢？弄熱吃或冰鎮吃都可以。
我： （我還是）第一次看到。
店員： 是前天剛進來的新產品。

生活單字
吃到飽！

便利商店

おにぎり
< o.ni.gi.ri > 飯糰

サンドイッチ
< sa.n.do.i.c.chi > 三明治

パン
< pa.n > 麵包

インスタント食品
< i.n.su.ta.n.to sho.ku.hi.n > 速食食品

アイスクリーム
< a.i.su.ku.ri.i.mu > 冰淇淋

卵
< ta.ma.go > 蛋

雑誌
< za.s.shi > 雜誌

ごみ袋
< go.mi.bu.ku.ro > 垃圾袋

タバコ
< ta.ba.ko > 香菸

レトルト食品
< re.to.ru.to sho.ku.hi.n >
速食調理包食品

石けん
< se.k.ke.n > 肥皂

ひげそり
< hi.ge.so.ri > 刮鬍刀

ストッキング
< su.to.k.ki.n.gu > 絲襪

歯みがき粉
< ha.mi.ga.ki.ko > 牙膏

歯ブラシ
< ha.bu.ra.shi > 牙刷

傘
< ka.sa > 傘

雨具
< a.ma.gu > 雨具

電池
< de.n.chi > 電池

コンドーム
< ko.n.do.o.mu > 保險套

地図
< chi.zu > 地圖

場所　UNIT 04

ぎんこう
銀行
銀行 gi.n.ko.o

這句話最好用！

いんかん　　　　　じさん　　　　　　　　　　わす
印鑑 を持参するのを忘れてしまいました。
i.n.ka.n o ji.sa.n.su.ru no o wa.su.re.te shi.ma.i.ma.shi.ta
忘了帶印章。

套進去説説看

こぎって
小切手
< ko.gi.t.te > 支票

よきんつうちょう
預金通帳
< yo.ki.n.tsu.u.cho.o > 存摺

クレジットカード
< ku.re.ji.t.to.ka.a.do > 信用卡

キャッシュカード
< kya.s.shu.ka.a.do > 提款卡

かわせ しょうしょ
為替証書
< ka.wa.se.sho.o.sho > 匯票

パスポート
< pa.su.po.o.to > 護照

　　　　　　　　　　　　　　　　　じさん　　　　　　　　わす
トラベラーズチェック を持参するのを忘れてしまいました。
to.ra.be.ra.a.zu.che.k.ku o ji.sa.n.su.ru no o wa.su.re.te shi.ma.i.ma.shi.ta
忘了帶旅行支票。

ほんにんかくにんしょるい　　　じ さん　　　　　　　わす
本人確認書類 を持参するのを忘れてしまいました。
ho.n.ni.n.ka.ku.ni.n.sho.ru.i o ji.sa.n.su.ru no o wa.su.re.te shi.ma.i.ma.shi.ta
忘了帶本人證明文件。

がいこくじんとうろくしょうめいしょ　　じ さん　　　　　　　わす
外国人登録証明書 を持参するのを忘れてしまいました。
ga.i.ko.ku.ji.n.to.o.ro.ku.sho.o.me.e.sho o ji.sa.n.su.ru no o wa.su.re.te shi.ma.i.ma.shi.ta
忘了帶外國人身分證。

連日本人都按讚！

1 暗証番号を忘れてしまいました。
a.n.sho.o ba.n.go.o o wa.su.re.te shi.ma.i.ma.shi.ta
不小心忘記了密碼。

2 お金の下ろし方が分からないんですが……。
o ka.ne no o.ro.shi.ka.ta ga wa.ka.ra.na.i n de.su ga
不知道領錢的方法……。

3 ＡＴＭの使い方を教えてもらえますか。
e.e.ti.i.e.mu no tsu.ka.i.ka.ta o o.shi.e.te mo.ra.e.ma.su ka
可以請你教我自動提款機的使用方法嗎？

4 キャッシュカードをなくしてしまいました。
kya.s.shu.ka.a.do o na.ku.shi.te shi.ma.i.ma.shi.ta
不小心提款卡不見了。

5 窓口は何時まで開いていますか。
ma.do.gu.chi wa na.n.ji ma.de a.i.te i.ma.su ka
窗口開到幾點呢？

6 トラベラーズチェックの両替はできますか。
to.ra.be.ra.a.zu.che.k.ku no ryo.o.ga.e wa de.ki.ma.su ka
可以兌換旅行支票嗎？

7 この米ドルを日本円に換えてください。
ko.no be.e.do.ru o ni.ho.n.e.n ni ka.e.te ku.da.sa.i
請將這美金兌換成日圓。

生活會話我也會！

わたし： wa.ta.shi	すみません、外貨の両替はできますか。 がい か りょうがえ su.mi.ma.se.n ga.i.ka no ryo.o.ga.e wa de.ki.ma.su ka
銀行の窓口： ぎんこう まどぐち gi.n.ko.o no ma.do.gu.chi	ええ、できます。 e.e de.ki.ma.su
わたし： wa.ta.shi	じゃあ、この米ドルとユーロを日本円に べい にほんえん 換えてください。 か ja.a ko.no be.e.do.ru to yu.u.ro o ni.ho.n.e.n ni ka.e.te ku.da.a.i
銀行の窓口： ぎんこう まどぐち gi.n.ko.o no ma.do.gu.chi	2000円札も混ぜますか。 に せん えんさつ ま ni.se.n.e.n sa.tsu mo ma.ze.ma.su ka
わたし： wa.ta.shi	それはけっこうです。 あれっ、米ドルを持参するのを忘れてしまいました。 べい じ さん わす so.re wa ke.k.ko.o de.su a.re.t be.e.do.ru o ji.sa.n.su.ru no o wa.su.re.te shi.ma.i.ma.shi.ta
銀行の窓口： ぎんこう まどぐち gi.n.ko.o no ma.do.gu.chi	じゃあ、ユーロだけでいいですか。 少々お待ちください。 しょうしょう ま ja.a yu.u.ro da.ke de i.i de.su ka sho.o.sho.o o ma.chi ku.da.sa.i

我：	不好意思，可以兌換外幣嗎？
銀行的窗口：	是的，可以。
我：	那麼，請將這美金與歐元換成日圓。
銀行的窗口：	要不要也加進一些二千日圓的紙鈔呢？
我：	那個就不用了。欸？我忘了帶美金。
銀行的窗口：	那麼，只要歐元就好了嗎？請稍等。

生活單字 吃到飽！

 銀行

ぎんこういん
銀行員
< gi.n.ko.o.i.n > 銀行人員

て すうりょう
手数料
< te.su.u.ryo.o > 手續費

げんきん ゆ そうしゃ
現金輸送車
< ge.n.ki.n.yu.so.o.sha > 運鈔車

し へい
紙幣
< shi.he.e > 紙鈔

さつ
札
< sa.tsu > 紙鈔

こう か
硬貨
< ko.o.ka > 硬幣

きん こ
金庫
< ki.n.ko > 保險箱

か きん こ
貸し金庫
< ka.shi.ki.n.ko > 出租保險箱

ぼうはん
防犯カメラ
< bo.o.ha.n ka.me.ra > 監視器

けい び いん
警備員
< ke.e.bi.i.n > 警衛

ひ じょう
非常ベル
< hi.jo.o be.ru > 警鈴

ひ だ
引き出す
< hi.ki.da.su > 提款

ちょきん
貯金
< cho.ki.n > 存款

いち まん えんさつ
10000円札
< i.chi.ma.n.e.n sa.tsu >
一萬日圓紙鈔

せん えんさつ
1000円札
< se.n.e.n sa.tsu > 一千日圓紙鈔

ごひゃくえんだま
500円玉
< go.hya.ku.e.n da.ma >
五百日圓硬幣

ひゃくえんだま
100円玉
< hya.ku.e.n da.ma >
一百日圓硬幣

じゅうえんだま
10円玉
< ju.u.e.n da.ma > 十日圓硬幣

ごえんだま
5円玉
< go.e.n da.ma > 五日圓硬幣

いちえんだま
1円玉
< i.chi.e.n da.ma > 一日圓硬幣

場所 UNIT 04

05

にほんりょうりてん
日本料理店

日本料理店 ni.ho.n.ryo.o.ri.te.n

這句話最好用！

しょう油をつけない ほうがいいですよ。

sho.o.yu o tsu.ke.na.i ho.o ga i.i de.su yo

最好不要沾醬油喔。

套進去説説看 ➤

たれをつけない
< ta.re o tsu.ke.na.i > 不沾醬汁

焼かない
< ya.ka.na.i > 不烤

ポン酢をつけない
< po.n.zu o tsu.ke.na.i > 不沾香橙醋

炒めない
< i.ta.me.na.i > 不炒

なべ い
鍋に入れない
< na.be ni i.re.na.i > 不放入鍋裡

あたた
温めない
< a.ta.ta.me.na.i > 不弄熱；不微波

に
煮ない ほうがいいですよ。

ni.na.i ho.o ga i.i de.su yo

最好不要燉喔。

しお
塩こしょうをふらない ほうがいいですよ。

shi.o ko.sho.o o fu.ra.na.i ho.o ga i.i de.su yo

最好不要撒胡椒鹽喔。

つけもの
漬物にしない ほうがいいですよ。

tsu.ke.mo.no ni shi.na.i ho.o ga i.i de.su yo

最好不要做成醃菜。

連日本人都按讚！

1 お待たせいたしました。
o ma.ta.se i.ta.shi.ma.shi.ta
讓您久等了。

2 日本料理の中で一番好きなものは何ですか。
ni.ho.n ryo.o.ri no na.ka de i.chi.ba.n su.ki.na mo.no wa na.n de.su ka
日本料理裡面，最喜歡的是什麼呢？

3 やっぱり刺身が一番ですね。
ya.p.pa.ri sa.shi.mi ga i.chi.ba.n de.su ne
還是生魚片是最棒吧。

4 日本の刺身は新鮮でおいしいです。
ni.ho.n no sa.shi.mi wa shi.n.se.n.de o.i.shi.i de.su
日本的生魚片新鮮又好吃。

5 こんなにおいしいすき焼きは初めてです。
ko.n.na.ni o.i.shi.i su.ki.ya.ki wa ha.ji.me.te de.su
這麼好吃的壽喜燒（我）還是第一次（吃到）。

6 これはどうやって食べますか。
ko.re wa do.o.ya.t.te ta.be.ma.su ka
這個要怎麼吃呢？

7 さっぱりしていて体によさそうです。
sa.p.pa.ri.shi.te i.te ka.ra.da ni yo.sa.so.o de.su
因為（吃起來）清爽，所以對身體好像很好。

生活會話我也會！

わたし： 日本料理はほんとうにきれいですね。
wa.ta.shi ni.ho.n.ryo.o.ri wa ho.n.to.o ni ki.re.e de.su ne

日本人： でも大事なのは味ですよ。
ni.ho.n.ji.n de.mo da.i.ji.na no wa a.ji de.su yo

わたし： もちろん味も最高です。これはわさびをつけて食べますか。
wa.ta.shi mo.chi.ro.n a.ji mo sa.i.ko.o de.su ko.re wa wa.sa.bi o tsu.ke.te ta.be.ma.su ka

日本人： あっ、それには何もつけないほうがいいですよ。
ni.ho.n.ji.n a.t so.re ni wa na.ni mo tsu.ke.na.i ho.o ga i.i de.su yo

わたし： ほんとうですね。自然の甘みが口の中に広がって、
とてもおいしいです。
wa.ta.shi ho.n.to.o de.su ne shi.ze.n no a.ma.mi ga ku.chi no na.ka ni hi.ro.ga.t.te
to.te.mo o.i.shi.i de.su

日本人： お口に合ってよかったです。
ni.ho.n.ji.n o ku.chi ni a.t.te yo.ka.t.ta de.su

我： 日本料理真的好漂亮啊。
日本人： 可是重要的是味道喔。
我： 當然味道也好棒。這個是沾芥末吃嗎？
日本人： 啊，那個最好不要沾任何東西喔。
我： 真的耶。自然的甘甜味在口中散開，非常好吃。
日本人： 合你的口味，太好了。

生活單字
吃到飽！

日 本 料 理 店

板前（いたまえ）
< i.ta.ma.e > 日本料理的廚師

座敷（ざしき）
< za.shi.ki > 鋪有榻榻米的房間

のれん
< no.re.n > 門簾

はしおき
< ha.shi.o.ki > 筷架

割りばし（わ）
< wa.ri.ba.shi > 免洗筷

湯呑み（ゆの）
< yu.no.mi > 茶杯

おしぼり
< o.shi.bo.ri > 濕手巾

とっくり
< to.k.ku.ri > 日本酒的酒瓶

さかずき
< sa.ka.zu.ki > 日本酒的酒杯

おつまみ
< o tsu.ma.mi > 下酒菜

枝豆（えだまめ）
< e.da.ma.me > 毛豆

寿司（すし）
< su.shi > 壽司

お膳（ぜん）
< o ze.n > 餐盤；小餐桌；
餐盤上的菜

定食（ていしょく）
< te.e.sho.ku > 定食；套餐

座布団（ざぶとん）
< za.bu.to.n > 坐墊

小皿（こざら）
< ko.za.ra > 小碟子

焼き鳥（やとり）
< ya.ki.to.ri > 串烤雞肉

懐石料理（かいせきりょうり）
< ka.i.se.ki ryo.o.ri > 懷石料理

玉子焼き（たまごや）
< ta.ma.go.ya.ki > 玉子燒
（日式煎蛋）

茶碗蒸し（ちゃわんむ）
< cha.wa.n.mu.shi > 茶碗蒸

場所 UNIT 04

165

06

レストラン

餐廳 re.su.to.ra.n

這句話最好用！

ピザが食^たべたくて たまりません。

pi.za ga ta.be.ta.ku.te ta.ma.ri.ma.se.n
想吃披薩得不得了。

套進去説説看 ➡

ステーキが食^たべたくて
< su.te.e.ki ga ta.be.ta.ku.te > 想吃牛排

甘^{あま}いものが食^たべたくて
< a.ma.i mo.no ga ta.be.ta.ku.te > 想吃甜的東西

オムライスが食^たべたくて
< o.mu.ra.i.su ga ta.be.ta.ku.te > 想吃蛋包飯

辛^{から}いものが食^たべたくて
< ka.ra.i mo.no ga ta.be.ta.ku.te > 想吃辣的東西

ビールが飲^のみたくて
< bi.i.ru ga no.mi.ta.ku.te > 想喝啤酒

冷^{つめ}たいものが飲^のみたくて
< tsu.me.ta.i mo.no ga no.mi.ta.ku.te > 想喝冰的東西

この料理^{りょうり}はのどが渇^{かわ}いて たまりません。

ko.no ryo.o.ri wa no.do ga ka.wa.i.te ta.ma.ri.ma.se.n
這道菜會口渴得不得了。

おなかが空^すいて たまりません。

o.na.ka ga su.i.te ta.ma.ri.ma.se.n
肚子餓得不得了。

食^たべすぎて、おなかが苦^{くる}しくて たまりません。

ta.be.su.gi.te o.na.ka ga ku.ru.shi.ku.te ta.ma.ri.ma.se.n
因為吃太多，肚子撐得不得了。

連日本人都按讚！

1 とても熱いので、お気をつけください。
to.te.mo a.tsu.i no.de o ki o tsu.ke ku.da.sa.i
因為很燙，請小心。

2 こちらへどうぞ。
ko.chi.ra e do.o.zo
這邊請。

3 窓際の席は空いてますか。
ma.do.gi.wa no se.ki wa a.i.te.ma.su ka
有靠窗的位子嗎？

4 待ち時間はどのくらいですか。
ma.chi.ji.ka.n wa do.no ku.ra.i de.su ka
等待的時間大概多久呢？

5 ちょっと脂っこいですね。
cho.t.to a.bu.ra.k.ko.i de.su ne
覺得有點油膩耶。

6 この店はハンバーグの専門店なんですよ。
ko.no mi.se wa ha.n.ba.a.gu no se.n.mo.n.te.n na n de.su yo
這家店是漢堡排的專賣店喔。

7 パエリアを食べるのは生まれて初めてです。
pa.e.ri.a o ta.be.ru no wa u.ma.re.te ha.ji.me.te de.su
生平第一次吃西班牙燉飯。

生活會話我也會！

. . . .

わたし：　おなかが空いてたまりません。そろそろ食事にしませんか。

wa.ta.shi　o.na.ka ga su.i.te ta.ma.ri.ma.se.n so.ro.so.ro sho.ku.ji ni shi.ma.se.n ka

日本人：　そうですね。じゃ、駅前に新しくできたレストランは
　　　　　どうですか。

ni.ho.n.ji.n　so.o de.su ne ja e.ki.ma.e ni a.ta.ra.shi.ku de.ki.ta re.su.to.ra.n wa
　　　　　　do.o de.su ka

わたし：　いいですね。わたしも行ってみたかったんです。

wa.ta.shi　i.i de.su ne wa.ta.shi mo i.t.te mi.ta.ka.t.ta n de.su

日本人：　わたしは今、お酒が飲みたくてたまりません。

ni.ho.n.ji.n　wa.ta.shi wa i.ma o sa.ke ga no.mi.ta.ku.te ta.ma.ri.ma.se.n

わたし：　それならワインでもどうですか。

wa.ta.shi　so.re na.ra wa.i.n de.mo do.o de.su ka

日本人：　いいですね。じゃ、わたしはステーキとワインにします。

ni.ho.n.ji.n　i.i de.su ne ja wa.ta.shi wa su.te.e.ki to wa.i.n ni shi.ma.su

---

我：　　　肚子餓得不得了。差不多要不要去用餐了？
日本人：　對耶。那麼，（在）車站前面新開的餐廳（用餐）
　　　　　如何呢？
我：　　　好啊。我也剛好想去。
日本人：　我現在想喝酒得不得了。
我：　　　那樣的話，（喝）葡萄酒如何呢？
日本人：　好啊。那麼，我決定牛排與葡萄酒。

生活單字
吃到飽！

西 餐 廳

ウエーター
< u.e.e.ta.a > 男服務生

ウエートレス
< u.e.e.to.re.su > 女服務生

カウンター
< ka.u.n.ta.a > 吧檯；櫃台

メニュー
< me.nyu.u > 菜單

テーブルクロス
< te.e.bu.ru.ku.ro.su > 桌巾

ナプキン
< na.pu.ki.n > 餐巾

ナイフ
< na.i.fu > 刀子

フォーク
< fo.o.ku > 叉子

スプーン
< su.pu.u.n > 湯匙

シャンペン
< sha.n.pe.n > 香檳

レア
< re.a > 三分熟

ミディアム
< mi.di.a.mu > 五分熟

ウエルダン
< u.e.ru.da.n > 全熟

ソムリエ
< so.mu.ri.e > 調酒師

ミシュラン
< mi.shu.ra.n > 米其林

マナー
< ma.na.a > 禮儀；禮節

テイクアウト
< te.e.ku.a.u.to > 外帶

ファミリーレストラン
< fa.mi.ri.i re.su.to.ra.n >
家庭式餐廳

ファミレス
< fa.mi.re.su > 家庭式餐廳
（「ファミリーレストラン」
的簡稱）

ファーストフード
< fa.a.su.to.fu.u.do > 速食

場所 UNIT 04

07

<ruby>注文<rt>ちゅうもん</rt></ruby>する

點菜 chu.u.mo.n.su.ru

這句話最好用！

<ruby>和食<rt>わ しょく</rt></ruby>も<ruby>洋食<rt>ようしょく</rt></ruby>も あって、<ruby>決<rt>き</rt></ruby>めかねます。

wa.sho.ku mo yo.o.sho.ku mo a.t.te ki.me.ka.ne.ma.su

因為和食、洋食都有，很難決定。

套進去説説看 ➔

うどんもラーメンも
< u.do.n mo ra.a.me.n mo > 烏龍麵、拉麵都

<ruby>温<rt>あたた</rt></ruby>かいのも<ruby>冷<rt>つめ</rt></ruby>たいのも
< a.ta.ta.ka.i no mo tsu.me.ta.i no mo > 溫的、冷的都

ケーキも<ruby>和菓子<rt>わ が し</rt></ruby>も
< ke.e.ki mo wa.ga.shi mo > 蛋糕、和菓子都

<ruby>インド料理<rt>りょう り</rt></ruby>も<ruby>韓国料理<rt>かんこくりょう り</rt></ruby>も
< i.n.do ryo.o.ri mo ka.n.ko.ku ryo.o.ri mo >
印度料理、韓國料理都

<ruby>焼肉<rt>やきにく</rt></ruby>も<ruby>鍋<rt>なべ</rt></ruby>ものも
< ya.ki.ni.ku mo na.be.mo.no mo > 燒肉、火鍋都

フレンチもイタリアンも
< fu.re.n.chi mo i.ta.ri.a.n mo > 法國菜、義大利菜

あれもこれも あって、<ruby>決<rt>き</rt></ruby>めかねます。

a.re mo ko.re mo a.t.te ki.me.ka.ne.ma.su

因為什麼都有，很難決定。

<ruby>世界各国<rt>せ かいかっこく</rt></ruby>の<ruby>料理<rt>りょう り</rt></ruby>が あって、<ruby>決<rt>き</rt></ruby>めかねます。

se.ka.i ka.k.ko.ku no ryo.o.ri ga a.t.te ki.me.ka.ne.ma.su

因為世界各國的料理都有，很難決定。

<ruby>種類<rt>しゅるい</rt></ruby>がたくさん あって、<ruby>決<rt>き</rt></ruby>めかねます。

shu.ru.i ga ta.ku.sa.n a.t.te ki.me.ka.ne.ma.su

因為種類很多，很難決定。

連日本人都按讚！

1 メニューをください。
me.nyu.u o ku.da.sa.i
請給我菜單。

2 本日のおすすめは何ですか。
ho.n.ji.tsu no o.su.su.me wa na.n de.su ka
今天的推薦的（菜）是什麼呢？

3 日替わり定食をください。
hi.ga.wa.ri te.e.sho.ku o ku.da.sa.i
請給我本日定食。

4 ご飯の量を少なめにしてもらえますか。
go.ha.n no ryo.o o su.ku.na.me ni shi.te mo.ra.e.ma.su ka
可以給我飯量少一點嗎？

5 ドレッシングは何になさいますか。
do.re.s.shi.n.gu wa na.n ni na.sa.i.ma.su ka
您要選哪一種沙拉醬呢？

6 ご注文は以上でよろしいですか。
go chu.u.mo.n wa i.jo.o de yo.ro.shi.i de.su ka
以上點的就好了嗎？

7 追加がございましたら、こちらのボタンを押してください。
tsu.i.ka ga go.za.i.ma.shi.ta.ra ko.chi.ra no bo.ta.n o o.shi.te ku.da.sa.i
如果要加點的話，請按這邊的鈕。

ちゅうもん

生活會話我也會！

日本人：　　　陳さんは何にしますか。
にほんじん　　　　ちん　　　　なん
ni.ho.n.ji.n　　chi.n sa.n wa na.n ni shi.ma.su ka

わたし：　　　和食も洋食もあって、決めかねますね。
　　　　　　　わしょく　ようしょく　　　き
wa.ta.shi　　wa.sho.ku mo yo.o.sho.ku mo a.t.te ki.me.ka.ne.ma.su ne

日本人：　　　これなんかどうですか。
にほんじん　　前回食べて、おいしかったですよ。
　　　　　　　ぜんかい　た
ni.ho.n.ji.n　ko.re na.n.ka do.o de.su ka
　　　　　　　ze.n.ka.i ta.be.te o.i.shi.ka.t.ta de.su yo

わたし：　　　じゃ、それにします。
wa.ta.shi　　ja so.re ni shi.ma.su

日本人：　　　すみません。
にほんじん
ni.ho.n.ji.n　su.mi.ma.se.n

ウエートレス：　お待たせいたしました。ご注文はお決まりですか。
　　　　　　　　ま　　　　　　　　　　　ちゅうもん　　き
u.e.e.to.re.su　o ma.ta.se i.ta.shi.ma.shi.ta go chu.u.mo.n wa o ki.ma.ri de.su ka

日本人：　陳小姐決定點什麼呢？
我：　　　因為和食、洋食都有，很難決定耶。
日本人：　這個之類的如何呢？上次吃過，好吃喔。
我：　　　那麼，我決定那個。
日本人：　不好意思。
女服務生：讓您久等了。決定要點的菜了嗎（可以點菜了嗎）？

生活單字
吃到飽！

烹 調 方 式

切る
< ki.ru > 切

刻む
< ki.za.mu > 剁碎

こねる
< ko.ne.ru > 揉

混ぜる
< ma.ze.ru > 攪拌

挽く
< hi.ku > 磨碎

漬ける
< tsu.ke.ru > 醃漬

割る
< wa.ru > 切開

剥く
< mu.ku > 削（皮）；剝（皮）

入れる
< i.re.ru > 放入

包む
< tsu.tsu.mu > 包

味つけする
< a.ji.tsu.ke.su.ru > 調味

焼く
< ya.ku > 烤

炒める
< i.ta.me.ru > 炒

茹でる
< yu.de.ru > 燙；煮

煮る
< ni.ru > 熬煮；滷；燉

炙る
< a.bu.ru > 炙燒；烘；烤

揚げる
< a.ge.ru > 炸

蒸す
< mu.su > 蒸

ふりかける
< fu.ri.ka.ke.ru > 淋上；撒上

盛りつける
< mo.ri.tsu.ke.ru > 裝飾；擺盤

場所 UNIT 04

08

<ruby>勘定<rt>かんじょう</rt></ruby>する

結帳 ka.n.jo.o.su.ru

這句話最好用！

<ruby>お会計<rt>かいけい</rt></ruby>、<ruby>お願<rt>ねが</rt></ruby>いします。

o ka.i.ke.e o ne.ga.i shi.ma.su

麻煩結帳。

<ruby>お勘定<rt>かんじょう</rt></ruby>、<ruby>お願<rt>ねが</rt></ruby>いします。

o ka.n.jo.o o ne.ga.i shi.ma.su

麻煩結帳。

<ruby>お勘定<rt>かんじょう</rt></ruby>してください。

o ka.n.jo.o.shi.te ku.da.sa.i

請結帳。

<ruby>お勘定<rt>かんじょう</rt></ruby>を<ruby>お願<rt>ねが</rt></ruby>いできますか。

o ka.n.jo.o o o ne.ga.i de.ki.ma.su ka

可以麻煩您結帳嗎？

<ruby>会計<rt>かいけい</rt></ruby>は<ruby>別々<rt>べつべつ</rt></ruby>で<ruby>お願<rt>ねが</rt></ruby>いします。

ka.i.ke.e wa be.tsu.be.tsu de o ne.ga.i shi.ma.su

麻煩分開算。

カードは<ruby>使<rt>つか</rt></ruby>えますか。

ka.a.do wa tsu.ka.e.ma.su ka

可以使用信用卡嗎？

連日本人都按讚！

① 会計はみなさんごいっしょでかまいませんか。
ka.i.ke.e wa mi.na sa.n go i.s.sho de ka.ma.i.ma.se.n ka
大家一起算好嗎？

② わたしのおごりです。
wa.ta.shi no o.go.ri de.su
我來請客。

③ いいえ、割りかんにしましょう。
i.i.e wa.ri.ka.n ni shi.ma.sho.o
不，我們各付各的吧。

④ 学生ですから、もちろん割りかんです。
ga.ku.se.e de.su ka.ra mo.chi.ro.n wa.ri.ka.n de.su
因為是學生，所以當然是各付各的。

⑤ ３７８円のおつりでございます。
sa.n.bya.ku.na.na.ju.u.ha.chi.e.n no o.tsu.ri de go.za.i.ma.su
找您三百七十八日圓。

⑥ レシートはないんですか。
re.shi.i.to wa na.i n de.su ka
沒有發票嗎？

⑦ 領収書をいただけますか。
ryo.o.shu.u.sho o i.ta.da.ke.ma.su ka
可以給我收據嗎？

生活會話我也會！

わたし： お会計、お願いします。
かいけい　　ねが

wa.ta.shi　o ka.i.ke.e o ne.ga.i shi.ma.su

店員： かしこまりました。
てんいん
お会計はみなさんごいっしょでよろしいですか。
かいけい

te.n.i.n　ka.shi.ko.ma.ri.ma.shi.ta

o ka.i.ke.e wa mi.na sa.n go i.s.sho de yo.ro.shi.i de.su ka

わたし： 別々でもいいですか。
べつべつ

wa.ta.shi　be.tsu.be.tsu de.mo i.i de.su ka

店員： ええ、どうぞ。お1人ずつお願いします。
てんいん　　　　　　　　　ひとり　　　ねが

te.n.i.n　e.e do.o.zo o hi.to.ri zu.tsu o ne.ga.i shi.ma.su

わたし： えっと、わたしは明太子スパゲッティとアイスティーです。
めんたいこ

wa.ta.shi　e.t.to wa.ta.shi wa me.n.ta.i.ko su.pa.ge.t.ti to a.i.su.ti.i de.su

店員： 明太子スパゲッティとアイスティーですね。
てんいん　　めんたいこ
消費税込みで１３４０円になります。
しょうひぜいこ　　　せんさんびゃくよんじゅうえん

te.n.i.n　me.n.ta.i.ko su.pa.ge.t.ti to a.i.su.ti.i de.su ne

sho.o.hi.ze.e ko.mi de se.n.sa.n.bya.ku.yo.n.ju.u.e.n ni na.ri.ma.su

---

我： 麻煩結帳。
店員： 知道了。大家一起算好嗎？
我： 也可以各付各的嗎？
店員： 是的，請。麻煩（您們）一個一個來。
我： 嗯……，我（吃的）是明太子義大利麵與冰紅茶。
店員： 是明太子義大利麵與冰紅茶對吧。
　　　 含消費稅一共一千三百四十日圓。

生活單字 吃到飽！

味道

おいしい
< o.i.shi.i > 好吃的

うまい
< u.ma.i > 美味的

まずい
< ma.zu.i > 難吃的

おいしくない
< o.i.shi.ku.na.i > 不好吃的

あま
甘い
< a.ma.i > 甜的

から
辛い
< ka.ra.i > 辣的

しょっぱい
< sho.p.pa.i > 鹹的

しおから
塩辛い
< shi.o.ka.ra.i > 鹹的

すっぱい
< su.p.pa.i > 酸的

にが
苦い
< ni.ga.i > 苦的

しぶ
渋い
< shi.bu.i > 澀的

こ
濃い
< ko.i > 濃的

うす
薄い
< u.su.i > 淡的

こってりした
< ko.t.te.ri.shi.ta > 濃厚的

あっさりした
< a.s.sa.ri.shi.ta > 清淡的

さっぱりした
< sa.p.pa.ri.shi.ta >
清爽的；不油膩的

あぶら
脂っこい
< a.bu.ra.k.ko.i > 油膩的

しつこい
< shi.tsu.ko.i > 會吃膩的

くさ
臭い
< ku.sa.i > 臭的

こう
香ばしい
< ko.o.ba.shi.i > 香的

場所 UNIT |04|

09

ほん や
本屋
書店 ho.n.ya

這句話最好用！

にん き さっ か
人気作家といえば、やはり むらかみはる き 村上春樹 でしょう。
ni.n.ki sa.k.ka to i.e.ba ya.ha.ri mu.ra.ka.mi ha.ru.ki de.sho.o
說到人氣作家的話，還是村上春樹吧。

套進去說說看

みや べ
宮部みゆき
< mi.ya.be mi.yu.ki > 宮部美幸

にしむらきょう た ろう
西村京太郎
< ni.shi.mu.ra kyo.o.ta.ro.o > 西村京太郎

ひがし の けいご
東野圭吾
< hi.ga.shi.no ke.e.go > 東野圭吾

え くに か おり
江國香織
< e.ku.ni ka.o.ri > 江國香織

あかがわ じ ろう
赤川次郎
< a.ka.ga.wa ji.ro.o > 赤川次郎

まつもとせいちょう
松本清張
< ma.tsu.mo.to se.e.cho.o > 松本清張

にん き さっ か
人気作家といえば、やはり じゅんぶんがく だ ざいおさむ 純文学の太宰治 でしょう。
ni.n.ki sa.k.ka to i.e.ba ya.ha.ri ju.n.bu.n.ga.ku no da.za.i o.sa.mu de.sho.o
說到人氣作家的話，還是純文學的太宰治吧。

にん き さっ か
人気作家といえば、やはり じゅんぶんがく なつ め そうせき 純文学の夏目漱石 でしょう。
ni.n.ki sa.k.ka to i.e.ba ya.ha.ri ju.n.bu.n.ga.ku no na.tsu.me so.o.se.ki de.sho.o
說到人氣作家的話，還是純文學的夏目漱石吧。

にん き さっ か
人気作家といえば、やはり じゅんぶんがく かわばたやすなり 純文学の川端康成 でしょう
ni.n.ki sa.k.ka to i.e.ba ya.ha.ri ju.n.bu.n.ga.ku no ka.wa.ba.ta ya.su.na.ri de.sho.o
說到人氣作家的話，還是純文學的川端康成吧。

連日本人都按讚！

① お気に入りの作家はいますか。
o.ki.ni.i.ri no sa.k.ka wa i.ma.su ka
有喜愛的作家嗎？

② 本を読むのが好きです。
ho.n o yo.mu no ga su.ki de.su
喜歡看書。

③ 神田の古本屋街によく行きます。
ka.n.da no fu.ru.ho.n.ya.ga.i ni yo.ku i.ki.ma.su
常去神田的舊書店街。

④ 毎月、15冊くらい本を買います。
ma.i.tsu.ki ju.u.go.sa.tsu ku.ra.i ho.n o ka.i.ma.su
每個月，買十五本左右的書。

⑤ この本はぜったい読んだほうがいいですよ。
ko.no ho.n wa ze.t.ta.i yo.n.da ho.o ga i.i de.su yo
這本書絕對要看唷。

⑥ 本屋さんでバイトをしています。
ho.n.ya sa.n de ba.i.to o shi.te i.ma.su
在書店打工。

⑦ わたしは吉本ばななのファンです。
wa.ta.shi wa yo.shi.mo.to ba.na.na no fa.n de.su
我是吉本芭娜娜的粉絲。

場所

UNIT 104

生活會話我也會！

日本人： 小説をたくさん読むと、日本語が上手になりますよ。
ni.ho.n.ji.n　sho.o.se.tsu o ta.ku.sa.n yo.mu to ni.ho.n.go ga jo.o.zu.ni na.ri.ma.su yo

わたし： ほんとうですか。何かおすすめの小説がありますか。
wa.ta.shi　ho.n.to.o de.su ka na.ni ka o.su.su.me no sho.o.se.tsu ga a.ri.ma.su ka

日本人： おすすめといえば、やはり村上春樹の作品でしょう。
ni.ho.n.ji.n　o.su.su.me to i.e.ba ya.ha.ri mu.ra.ka.mi ha.ru.ki no sa.ku.hi.n de.sho.o

わたし： でも、わたしには難しいと思います。
wa.ta.shi　de.mo wa.ta.shi ni wa mu.zu.ka.shi.i to o.mo.i.ma.su

日本人： そんなことないですよ。ぜひ読んでみてください。
ni.ho.n.ji.n　so.n.na ko.to na.i de.su yo ze.hi yo.n.de mi.te ku.da.sa.i

わたし： わかりました。これから本屋さんに行ってみます。
wa.ta.shi　wa.ka.ri.ma.shi.ta ko.re.ka.ra ho.n.ya sa.n ni i.t.te mi.ma.su

日本人： 看很多小説的話，日文會變好喔。
我： 真的嗎？有什麼推薦的小説嗎？
日本人： 説到推薦，還是村上春樹的作品吧。
我： 可是，覺得對我有點難。
日本人： 沒有那回事啦。請一定要看看。
我： 知道了。等一下去書店看看。

生活單字
吃到飽！

書本

ぶんがく
文学
< bu.n.ga.ku > 文學

じゅんぶんがく
純文学
< ju.n.bu.n.ga.ku > 純文學

きんだいぶんがく
近代文学
< ki.n.da.i bu.n.ga.ku > 近代文學

げんだいぶんがく
現代文学
< ge.n.da.i bu.n.ga.ku > 現代文學

フィクション
< fi.ku.sho.n > 虛構小説

ノンフィクション
< no.n fi.ku.sho.n > 紀實小説

ぶん こ ぼん
文庫本
< bu.n.ko.bo.n > 文庫本

ハードカバー
< ha.a.do ka.ba.a > 精裝書

しんしょ
新書
< shi.n.sho > 新書

ようしょ
洋書
< yo.o.sho > 外文書

まん が
漫画
< ma.n.ga > 漫畫

ざっ し
雑誌
< za.s.shi > 雜誌

じ しょ
辞書
< ji.sho > 辭典

あくたがわしょう
芥川賞
< a.ku.ta.ga.wa sho.o > 芥川賞

なお き しょう
直木賞
< na.o.ki sho.o > 直木賞

たんぺんしょうせつ
短編小説
< ta.n.pe.n sho.o.se.tsu >

短篇小説

ちょうへんしょうせつ
長編小説
< cho.o.he.n sho.o.se.tsu >

長篇小説

しゅっぱんしゃ
出版社
< shu.p.pa.n.sha > 出版社

いんさつ
印刷
< i.n.sa.tsu > 印刷

ひょう し
表紙
< hyo.o.shi > 封面

場所

UNIT 04

10

<ruby>美<rt>び</rt></ruby><ruby>容<rt>よう</rt></ruby><ruby>院<rt>いん</rt></ruby>

美容院 bi.yo.o.i.n

這句話**最好用**！

<ruby>本日<rt>ほんじつ</rt></ruby>に<ruby>限<rt>かぎ</rt></ruby>り、 カット が<ruby>半額<rt>はんがく</rt></ruby>です。

ho.n.ji.tsu ni ka.gi.ri ka.t.to ga ha.n.ga.ku de.su

僅限本日，剪髮半價。

套進去説説看

ヘアパック
< he.a.pa.k.ku > 護髮

パーマ
< pa.a.ma > 燙髮

ヘアカラー
< he.a.ka.ra.a > 染髮

<ruby>縮毛矯正<rt>しゅくもうきょうせい</rt></ruby>
< shu.ku.mo.o.kyo.o.se.e > 離子燙

メイク
< me.e.ku > 化妝

ヘッドスパ
< he.d.do.su.pa > 頭皮按摩

<ruby>本日<rt>ほんじつ</rt></ruby>に<ruby>限<rt>かぎ</rt></ruby>り、 エクステ が<ruby>半額<rt>はんがく</rt></ruby>です。

ho.n.ji.tsu ni ka.gi.ri e.ku.su.te ga ha.n.ga.ku de.su

僅限本日，接髮半價。

<ruby>本日<rt>ほんじつ</rt></ruby>に<ruby>限<rt>かぎ</rt></ruby>り、 <ruby>眉毛<rt>まゆげ</rt></ruby>カット が<ruby>半額<rt>はんがく</rt></ruby>です。

ho.n.ji.tsu ni ka.gi.ri ma.yu.ge ka.t.to ga ha.n.ga.ku de.su

僅限本日，修眉毛半價。

<ruby>本日<rt>ほんじつ</rt></ruby>に<ruby>限<rt>かぎ</rt></ruby>り、 <ruby>着物<rt>きもの</rt></ruby>の<ruby>着<rt>き</rt></ruby>つけ が<ruby>半額<rt>はんがく</rt></ruby>です。

ho.n.ji.tsu ni ka.gi.ri ki.mo.no no ki.tsu.ke ga ha.n.ga.ku de.su

僅限本日，協助穿和服半價。

連日本人都按讚！

1 お客さまはボブがお似合いだと思いますよ。

o kya.ku sa.ma wa bo.bu ga o ni.a.i da to o.mo.i.ma.su yo

我覺得客人您很適合鮑伯頭喔。

2 後ろを短めにカットしてください。

u.shi.ro o mi.ji.ka.me ni ka.t.to.shi.te ku.da.sa.i

請把後面剪短一點。

3 前髪は切らないでください。

ma.e.ga.mi wa ki.ra.na.i.de ku.da.sa.i

請不要剪瀏海。

4 （ヘアカタを見せながら）こんな感じにしてください。

he.a.ka.ta o mi.se.na.ga.ra ko.n.na ka.n.ji ni shi.te ku.da.sa.i

（一邊讓對方看髮型目錄）請弄成這種感覺。

5 明るめのハイライトを入れてください。

a.ka.ru.me no ha.i.ra.i.to o i.re.te ku.da.sa.i

請挑染亮一點的顏色。

6 今日はどうなさいますか。

kyo.o wa do.o na.sa.i.ma.su ka

今天要做什麼呢？

7 おまかせで……。

o.ma.ka.se de

全權拜託你……。

場所 UNIT 04

生活會話我也會！

美容師：　今日はどうなさいますか。
びょうし　きょう
bi.yo.o.shi　kyo.o wa do.o na.sa.i.ma.su ka

わたし：　カットをお願いします。
ねが
wa.ta.shi　ka.t.to o o ne.ga.i shi.ma.su

美容師：　どんな感じにお切りしますか。
びょうし　かん　き
bi.yo.o.shi　do.n.na ka.n.ji ni o ki.ri shi.ma.su ka

わたし：　クールな感じにしたいんですが……。
かん
wa.ta.shi　ku.u.ru.na ka.n.ji ni shi.ta.i n de.su ga

美容師：　かしこまりました。
びょうし
本日に限り、ハイライトが７割引きなんですが、
ほんじつ　かぎ　ななわり　び
いかがですか。
bi.yo.o.shi　ka.shi.ko.ma.ri.ma.shi.ta
ho.n.ji.tsu ni ka.gi.ri ha.i.ra.i.to ga na.na.wa.ri.bi.ki na n de.su ga
i.ka.ga de.su ka

わたし：　ぜひお願いします。
ねが
wa.ta.shi　ze.hi o ne.ga.i shi.ma.su

設計師：　今天要做什麼呢？
我：　麻煩你剪髮。
設計師：　希望剪什麼感覺呢？
我：　想要很酷的感覺……。
設計師：　了解了。僅限本日，挑染打七折，如何呢？
我：　務必麻煩。

生活單字 吃到飽！

美 容 院

鏡
かがみ
< ka.ga.mi > 鏡子

ブラシ
< bu.ra.shi > 梳子

タオル
< ta.o.ru > 毛巾

シャンプー
< sha.n.pu.u > 洗髮精

リンス
< ri.n.su > 潤絲精

トリートメント
< to.ri.i.to.me.n.to > 護髮霜

ドライヤー
< do.ra.i.ya.a > 吹風機

ロングヘア
< ro.n.gu.he.a > 長頭髮

ショートヘア
< sho.o.to.he.a > 短頭髮

ブリーチ
< bu.ri.i.chi > 褪色

ムース
< mu.u.su > 慕斯

ヘアワックス
< he.a.wa.k.ku.su > 髮蠟

ヘアクリップ
< he.a.ku.ri.p.pu > 髮夾

はさみ
< ha.sa.mi > 剪刀

スタイリング
< su.ta.i.ri.n.gu > 造型

枝毛
えだげ
< e.da.ge > 分叉

毛先
けさき
< ke.sa.ki > 髮尾

ブロー
< bu.ro.o > 吹乾

ヘアスプレー
< he.a.su.pu.re.e > 噴霧式定型液

ダメージ
< da.me.e.ji > 損傷

場所 UNIT 04

185

日本人
愛賞花是有原因的！

　　説到「花見」（＜ ha.na.mi ＞；賞花，通常指賞櫻花），我們日本人一定會聯想到宴會以及乾杯，這點和國外的賞花方式有點不同。日本人在賞櫻花的同時，也會在櫻花樹下鋪著東西喝酒、吃便當或唱卡拉OK等等。而離開日本生活一陣子的我，最懷念的就是這個啦。據説這種日本傳統文化，奈良時代就有。但是日本人，是怎麼開始賞花的呢？

　　有人説日本人天生就是很會欣賞四季變化以及自然美的民族，所以大家會接近美麗的櫻花樹，開始在樹下聊天、吃喝玩樂，也是很自然的事情吧。但是我個人覺得，日本人之所以愛賞花，主要還是因為可以在公園等公共場所喝酒這件事吧。如果像美國華盛頓一樣禁止賞櫻遊客在外喝酒的話，日本的賞櫻人數應該會減少一半以上吧。另外值得一提的是「花見弁当」（＜ ha.na.mi be.n.to.o ＞；賞花便當），日本有一句諺語叫做「花より団子」（＜ ha.na yo.ri da.n.go ＞；糯米糰比花更重要），這句話直譯是「雖然賞花很好，但吃東西更重要」，所以是用來批評人不懂得風流。或許對賞櫻的人來説，冷掉的便當實在不怎麼美味，但還是希望大家能夠試試，讓繽紛美麗的賞花便當當個配角，真正感受一下日本人賞花的氣氛。

最後，再提一下日本人賞花的禮儀。在日本到處都可以賞花的原因，還有一個是因為每個日本人都很守法，沒有人會去做攀折櫻花等不道德的行為。另外在公園喝完、吃完以後，也不會留下垃圾，會盡量維持原狀、保持乾淨。而這一切，無非是希望大家每年都能夠開開心心地欣賞櫻花。

　　來台灣玩的日本朋友問説：「到處看到的『買一送一』是什麼意思？」這一句非常有吸引力，因為本來沒有想要買的東西也會在不知不覺中買下。

店員：ひとつ買^かうと、
　　　もうひとつサービス。

< hi.to.tsu ka.u to mo.o hi.to.tsu sa.a.bi.su >

買一送一。
（「サービス」也可換成「おまけ」< o.ma.ke >；贈品）

双子^{ふたご}：雙胞胎

ふたりでひとつ：兩個人是一體的

こうつう
[交通
ko.o.tsu.u
交通

01

みち
道をたずねる
問路 mi.chi o ta.zu.ne.ru

這句話最好用！

とうきょうえき　　　　　　　　　　　　　　い
東京駅 へはどうやって行ったらいいですか。
to.o.kyo.o.e.ki e wa do.o ya.tte i.t.ta.ra i.i de.su ka
到東京車站，怎麼去好呢？

套進去説説看

こうきょ
皇居
< ko.o.kyo > 皇居

けんちょう
県庁
< ke.n.cho.o > 縣廳

し やくしょ
市役所
< shi.ya.ku.sho > 市公所

けいさつしょ
警察署
< ke.e.sa.tsu.cho > 警察局

と ちょう
都庁
< to.cho.o > 都廳

にゅうこくかん り きょく
入国管理局
<nyu.u.ko.ku.ka.n.ri.kyo.ku>入國管理局

とうきょう
東京ディズニーランド へはどうやって
い
行ったらいいですか。
to.o.kyo.o.di.zu.ni.i.ra.n.do e wa do.o ya.tte i.t.ta.ra i.i de.su ka
到東京迪士尼樂園，怎麼去好呢？

とうきょう　　　　　　　　　　　　　　　い
東京ドーム へはどうやって行ったらいいですか。
to.o.kyo.o.do.o.mu e wa do.o ya.tte i.t.ta.ra i.i de.su ka
到東京巨蛋，怎麼去好呢？

めい じ じんぐう　　　　　　　　　　　い
明治神宮 へはどうやって行ったらいいですか。
me.e.ji.ji.n.gu.u e wa do.o ya.tte i.t.ta.ra i.i de.su ka
到明治神宮，怎麼去好呢？

連日本人都按讚！

1 スカイツリーに行きたいんですが、ここから遠いですか。
su.ka.i.tsu.ri.i ni i.ki.ta.i n de.su ga ko.ko ka.ra to.o.i de.su ka
（我）想去晴空塔，離這裡很遠嗎？

2 歩いてどのくらいですか。
a.ru.i.te do.no ku.ra.i de.su ka
走路大概多久呢？

3 徒歩で行くのはむりだと思いますよ。
to.ho de i.ku no wa mu.ri da to o.mo.i.ma.su yo
（我）覺得走路去有困難喔。

4 この地図で、今はどの辺ですか。
ko.no chi.zu de i.ma wa do.no he.n de.su ka
就這個地圖，現在在哪邊呢？

5 バスに乗ったほうがいいですか。
ba.su ni no.t.ta ho.o ga i.i de.su ka
搭公車比較好嗎？

6 もうすぐそこですよ。
mo.o su.gu so.ko de.su yo
就在那裡喔。

7 歩いて15分くらいです。
a.ru.i.te ju.u.go.fu.n ku.ra.i de.su
走路十五分鐘左右。

生活會話我也會！

・・・

わたし： すみません、渋谷駅へはどうやって行ったらいいですか。
しぶ や えき　　　　　　　　　い
wa.ta.shi　su.mi.ma.se.n shi.bu.ya.e.ki e wa do.o.ya.t.te i.t.ta.ra i.i de.su ka

日本人： 渋谷駅ですか。歩いて行くのはちょっとむりだと思いますよ。
に ほんじん　　しぶ や えき　　　　ある　い　　　　　　　　　　　　おも
ni.ho.n.ji.n　shi.bu.ya.e.ki de.su ka a.ru.i.te i.ku no wa cho.t.to mu.ri.da to o.mo.i.ma.su yo

わたし： えっ、そんなに遠いんですか。
とお
wa.ta.shi　e.t so.n.na.ni to.o.i n de.su ka

日本人： 1時間くらいかかると思います。
に ほんじん　いち じ かん　　　　　　　　おも
ni.ho.n.ji.n　i.chi.ji.ka.n ku.ra.i ka.ka.ru to o.mo.i.ma.su

わたし： そうなんですか。
wa.ta.shi　so.o na n de.su ka

日本人： あそこからバスに乗ったほうがいいです。
に ほんじん　　　　　　　　　　　　の
　　　　　　5つか6つめのバス停が渋谷駅です。
　　　　　　いつ　　むっ　　　　　　てい　しぶ や えき
ni.ho.n.ji.n　a.so.ko ka.ra ba.su ni no.t.ta ho.o ga i.i de.su
　　　　　　i.tsu.tsu ka mu.t.tsu.me no ba.su.te.e ga shi.bu.ya.e.ki de.su

---

我： 不好意思，到澀谷車站怎麼去好呢？
日本人： 澀谷車站嗎？（我）覺得走路去有困難喔。
我： 咦，那麼遠嗎？
日本人： 我想大約要花一個小時。
我： 那樣喔。
日本人： 從那裡搭公車比較好。
　　　　　第五或第六個公車站就是澀谷車站。

生活單字
吃到飽！

とほ
徒歩
< to.ho > 走路；徒歩

くるま
車
< ku.ru.ma > 車

じ か ようしゃ
自家用車
< ji.ka.yo.o.sha > 自用汽車

じ どうしゃ
自動車
< ji.do.o.sha > 汽車

レンタカー
< re.n.ta.ka.a > 出租汽車

じ てんしゃ
自転車
< ji.te.n.sha > 腳踏車

バイク
< ba.i.ku > 機車

スクーター
< su.ku.u.ta.a > 速可達；小型機車

げん
原つき
< ge.n.tsu.ki > 小型機車

おおがた
大型バイク
< o.o.ga.ta ba.i.ku > 重型機車

トラック
< to.ra.k.ku > 卡車

やまのてせん
山手線
< ya.ma.no.te.se.n > 山手線

しんかんせん
新幹線
< shi.n.ka.n.se.n > 新幹線

モノレール
< mo.no.re.e.ru > 單軌電車

ロープウェー
< ro.o.pu.we.e > 纜車

ふね
船
< fu.ne > 船

フェリー
< fe.ri.i > 渡輪

ヨット
< yo.t.to > 帆船

ヘリコプター
< he.ri.ko.pu.ta.a > 直升機

きしゃ
汽車
< ki.sha > 火車

交通 UNIT 05

02

でんしゃ　ちかてつ
電車と地下鉄
電車與地鐵 de.n.sha to chi.ka.te.tsu

這句話最好用！

よこはま
横浜 からは遠いので、３時に着くはずがありません。
yo.ko.ha.ma ka.ra wa to.o.i no.de sa.n.ji ni tsu.ku ha.zu ga a.ri.ma.se.n
因為離橫濱很遠，所以不可能三點到。

套進去説説看

いけぶくろ
池袋
< i.ke.bu.ku.ro > 池袋

はちおうじ
八王子
< ha.chi.o.o.ji > 八王子

ぎんざ
銀座
< gi.n.za > 銀座

しんおおくぼ
新大久保
< shi.n.o.o.ku.bo > 新大久保

あさくさ
浅草
< a.sa.ku.sa > 淺草

おもてさんどう
表参道
< o.mo.te.sa.n.do.o > 表參道

おおさか
大阪 からは遠いので、３時に着くはずがありません。
o.o.sa.ka ka.ra wa to.o.i no.de sa.n.ji ni tsu.ku ha.zu ga a.ri.ma.se.n
因為離大阪很遠，所以不可能三點到。

なごや
名古屋 からは遠いので、３時に着くはずがありません。
na.go.ya ka.ra wa to.o.i no.de sa.n.ji ni tsu.ku ha.zu ga a.ri.ma.se.n
因為離名古屋很遠，所以不可能三點到。

うえの
上野 からは遠いので、３時に着くはずがありません。
u.e.no ka.ra wa to.o.i no.de sa.n.ji ni tsu.ku ha.zu ga a.ri.ma.se.n
因為離上野很遠，所以不可能三點到。

連日本人都按讚！

1 切符はどこで買えますか。
ki.p.pu wa do.ko de ka.e.ma.su ka
車票可以在哪裡買呢？

2 払い戻しをしたいんですが……。
ha.ra.i.mo.do.shi o shi.ta.i n de.su ga
想退票……。

3 銀座線は浅草まで行きますか。
gi.n.za.se.n wa a.sa.ku.sa ma.de i.ki.ma.su ka
銀座線會到淺草嗎？

4 すみません、山手線は何番ホームですか。
su.mi.ma.se.n ya.ma.no.te.se.n wa na.n.ba.n ho.o.mu de.su ka
不好意思，山手線是幾號月台呢？

5 横浜駅に行くにはどこで乗り換えたらいいですか。
yo.ko.ha.ma.e.ki ni i.ku ni wa do.ko de no.ri.ka.e.ta.ra i.i de.su ka
去橫濱車站，在哪裡換車好呢？

6 この電車は新宿駅にとまりますか。
ko.no de.n.sha wa shi.n.ju.ku.e.ki ni to.ma.ri.ma.su ka
這輛電車在新宿車站會停嗎？

7 次の電車をご利用ください。
tsu.gi no de.n.sha o go ri.yo.o ku.da.sa.i
請搭乘下一班電車。

生活會話我也會！

日本人：　どうしたんですか。
ni.ho.n.ji.n　do.o.shi.ta n de.su ka

わたし：　12時に待ち合わせした友だちがまだ来ないんです。
　　　　　10時にうちを出たそうなんですが……。
wa.ta.shi　ju.u.ni.ji ni ma.chi.a.wa.se.shi.ta to.mo.da.chi ga ma.da ko.na.i n de.su
　　　　　ju.u.ji ni u.chi o de.ta so.o na n de.su ga

日本人：　お友だちの住まいはどこですか。
ni.ho.n.ji.n　o to.mo.da.chi no su.ma.i wa do.ko de.su ka

わたし：　千葉の東京ディズニーランドのほうだそうです。
wa.ta.shi　chi.ba no to.o.kyo.o.di.zu.ni.i.ra.n.do no ho.o da so.o de.su

日本人：　そこからは遠いので、12時に着くはずがありませんよ。
ni.ho.n.ji.n　so.ko ka.ra wa to.o.i no.de ju.u.ni.ji ni tsu.ku ha.zu ga a.ri.ma.se.n yo

わたし：　そうなんですか。
wa.ta.shi　so.o na n de.su ka

日本人：　怎麼了？
我：　約好十二點會面的朋友還沒有到。
　　　據說他十點就出門了……。
日本人：　你朋友住在哪裡呢？
我：　據說在千葉的東京迪士尼樂園那裡。
日本人：　因為離那裡很遠，所以不可能十二點到喔。
我：　那樣嗎？

生活單字 吃到飽！

じこくひょう
時刻表
< ji.ko.ku.hyo.o > 時刻表

きっぷ
切符
< ki.p.pu > 車票、門票等票券

かたみち
片道
< ka.ta.mi.chi > 單程

おうふく
往復
< o.o.fu.ku > 來回

かいさつぐち
改札口
< ka.i.sa.tsu.gu.chi > 剪票口

みどり　まどぐち
緑の窓口
< mi.do.ri no ma.do.gu.chi > 綠色窗口
（JR票務櫃檯）

プラットホーム
< pu.ra.t.to.ho.o.mu > 月台

くうせき
空席
< ku.u.se.ki > 空位

まんせき
満席
< ma.n.se.ki > 滿座

つうきん
通勤ラッシュ
< tsu.u.ki.n.ra.s.shu > 通勤巔峰時間

きゅうこう
急行
< kyu.u.ko.o > 急行車

かいそく
快速
< ka.i.so.ku > 快速車

とっきゅう
特急
< to.k.kyu.u > 特快車

とっきゅうけん
特急券
< to.k.kyu.u.ke.n > 特急券

えきいん
駅員
< e.ki.i.n > 站務員

し はつ
始発
< shi.ha.tsu > 頭班電車

しゅうでん
終電
< shu.u.de.n > 末班電車

ろ せん ず
路線図
< ro.se.n.zu > 路線圖

いちにちじょうしゃけん
一日乗車券
< i.chi.ni.chi jo.o.sha.ke.n > 一日乘車券

せいさん き
精算機
< se.e.sa.n.ki > 補票機

てい き けん
定期券
< te.e.ki.ke.n > 定期車票
（有月票、季票或半年票之分）

03

バス

巴士 ba.su

這句話最好用！

このバスは 10 分 おきに出ています。

ko.no ba.su wa ju.p.pu.n o.ki ni de.te i.ma.su

這巴士每隔十分鐘發一班。

套進去説説看

2、3分
< ni sa.n pu.n > 二、三分鐘

ほぼ 30 分
< ho.bo sa.n.ju.p.pu.n > 差不多三十分鐘

5分
< go.fu.n > 五分鐘

ほぼ 15 分
< ho.bo ju.u.go.fu.n > 差不多十五分鐘

20 分
< ni.ju.p.pu.n > 二十分鐘

だいたい 10 分
< da.i.ta.i ju.p.pu.n > 大概十分鐘

このバスは だいたい 1 時間 おきに出ています。

ko.no ba.su wa da.i.ta.i i.chi.ji.ka.n o.ki ni de.te i.ma.su

這巴士每隔大約一小時發一班。

このバスは 半日 おきに出ています。

ko.no ba.su wa ha.n.ni.chi o.ki ni de.te i.ma.su

這巴士每隔半天發一班。

このバスは 1 日 おきに出ています。

ko.no ba.su wa i.chi.ni.chi o.ki ni de.te i.ma.su

這巴士每隔一天發一班。

連日本人都按讚！

1 このバスは浅草寺に行きますか。

ko.no ba.su wa se.n.so.o.ji ni i.ki.ma.su ka

這巴士會去淺草寺嗎？

2 バスの発車時刻は何時ですか。

ba.su no ha.s.sha ji.ko.ku wa na.n.ji de.su ka

巴士的開車時刻是幾點呢？

3 往復券を買いたいんですが……。

o.o.fu.ku.ke.n o ka.i.ta.i n de.su ga

想買來回票……。

4 次のバスが来るまであと３０分くらいです。

tsu.gi no ba.su ga ku.ru ma.de a.to sa.n.ju.p.pu.n ku.ra.i de.su

離下一班巴士來，還有三十分鐘左右。

5 おつりは出ますか。

o tsu.ri wa de.ma.su ka

會找零錢嗎？

6 乗車券はどこに入れればいいですか。

jo.o.sha.ke.n wa do.ko ni i.re.re.ba i.i de.su ka

乘車券要放進去哪裡好呢？

7 すみません、降ります。

su.mi.ma.se.n o.ri.ma.su

不好意思，（我要）下車。

生活會話我也會！

. . . .

わたし： ここからのバスはどれくらいおきに出ていますか。

wa.ta.shi　ko.ko ka.ra no ba.su wa do.re ku.ra.i o.ki ni de.te i.ma.su ka

日本人： だいたい１時間おきです。

ni.ho.n.ji.n　da.i.ta.i i.chi.ji.ka.n o.ki de.su

わたし： そうですか。あとどのくらい待たなければなりませんか。

wa.ta.shi　so.o de.su ka a.to do.no ku.ra.i ma.ta.na.ke.re.ba na.ri.ma.se.n ka

日本人： 前のバスがさっき出たばかりですから、
　　　　 しばらく来ないと思います。

ni.ho.n.ji.n　ma.e no ba.su ga sa.k.ki de.ta ba.ka.ri de.su ka.ra

　　　　　　 shi.ba.ra.ku ko.na.i to o.mo.i.ma.su

わたし： 静岡まで行くバスはこれだけですよね。

wa.ta.shi　shi.zu.o.ka ma.de i.ku ba.su wa ko.re da.ke de.su yo ne

日本人： よく分かりません。

ni.ho.n.ji.n　yo.ku wa.ka.ri.ma.se.n

我：	從這裡出發的巴士，大約隔多久發一班呢？
日本人：	大概隔一個小時。
我：	是喔。還得等多久時間呢？
日本人：	因為前一班巴士才剛出發而已，所以我想短時間不會來。
我：	往靜岡的巴士只有這班吧？
日本人：	不太清楚。

生活單字 吃到飽！

巴士

バス停
< ba.su.te.e > 公車站

バス乗り場
< ba.su.no.ri.ba > 公車乘車處

発車
< ha.s.sha > 發車

停車
< te.e.sha > 停車

急停車
< kyu.u.te.e.sha > 緊急停車

ブザー
< bu.za.a > 鈕

吊り革
< tsu.ri.ka.wa > 把手；吊環

シルバーシート
< shi.ru.ba.a.shi.i.to > 博愛座

バックミラー
< ba.k.ku.mi.ra.a > 後照鏡

細かいお金
< ko.ma.ka.i o ka.ne > 零錢

チャージ
< cha.a.ji > 加值

観光バス
< ka.n.ko.o.ba.su > 觀光巴士

はとバス
< ha.to.ba.su > Hato巴士（Hato Bus；旅行社安排的觀光一日遊）

予約
< yo.ya.ku > 預約

運賃
< u.n.chi.n > 車費；運費

巡回バス
< ju.n.ka.i.ba.su > 巡迴巴士

ドア
< do.a > 門

終点
< shu.u.te.n > 終點

乗車
< jo.o.sha > 上車

下車
< ge.sha > 下車

交通 UNIT 05

04

タクシー
計程車 ta.ku.shi.i

這句話最好用！

この道路 は渋滞しやすいです。
ko.no do.o.ro wa ju.u.ta.i.shi.ya.su.i de.su
這條路容易塞。

套進去説説看

新宿通り
< shi.n.ju.ku.do.o.ri > 新宿通

千葉街道
< chi.ba.ka.i.do.o > 千葉街道

川越街道
< ka.wa.go.e.ka.i.do.o > 川越街道

環七通り
< ka.n.na.na.do.o.ri > 環七通

青山通り
< a.o.ya.ma.do.o.ri > 青山通

湾岸道路
< wa.n.ga.n.do.o.ro > 灣岸道路

インターチェンジ付近 は渋滞しやすいです。
i.n.ta.a.che.n.ji fu.ki.n wa ju.u.ta.i.shi.ya.su.i de.su
交流道附近容易塞。

東京都心の国道 は渋滞しやすいです。
to.o.kyo.o.to.shi.n no ko.ku.do.o wa ju.u.ta.i.shi.ya.su.i de.su。
東京都心的國道容易塞。

成田空港付近 は渋滞しやすいです。
na.ri.ta.ku.u.ko.o fu.ki.n wa ju.u.ta.i.shi.ya.su.i de.su。
成田機場附近容易塞。

連日本人都按讚！

① タクシー乗り場はどこですか。

ta.ku.shi.i no.ri.ba wa do.ko de.su ka

計程車乘車處在哪裡呢？

② 日本のタクシー料金は高いですね。

ni.ho.n no ta.ku.shi.i ryo.o.ki.n wa ta.ka.i de.su ne

日本的計程車費好貴喔。

③ 大きい荷物があるので、トランクを開けてもらえますか。

o.o.ki.i ni.mo.tsu ga a.ru no.de to.ra.n.ku o a.ke.te mo.ra.e.ma.su ka

因為有很大的行李，可以幫我打開後車廂嗎？

④ 横浜駅の前にあるホテルまでお願いします。

yo.ko.ha.ma.e.ki no ma.e ni a.ru ho.te.ru ma.de o ne.ga.i shi.ma.su

麻煩到橫濱車站前的一家飯店。

⑤ ここに書いてある住所までお願いします。

ko.ko ni ka.i.te a.ru ju.u.sho ma.de o ne.ga.i shi.ma.su

麻煩到這裡寫的地址。

⑥ この辺の初乗り運賃は 7 10円です。

ko.no he.n no ha.tsu.no.ri u.n.chi.n wa na.na.hya.ku.ju.u.e.n de.su

這個地區的起跳價格是七百十日圓。

⑦ 不景気なので、タクシーに乗る人の数が減りました。

fu.ke.e.ki.na no.de ta.ku.shi.i ni no.ru hi.to no ka.zu ga he.ri.ma.shi.ta

因為不景氣，搭計程車的人減少了。

交通 UNIT 05

203

生活會話我也會！

わたし：　この住所までお願いします。
wa.ta.shi　ko.no ju.u.sho ma.de o ne.ga.i shi.ma.su

運転手：　かしこまりました。
u.n.te.n.shu　ka.shi.ko.ma.ri.ma.shi.ta

わたし：　そこまでは１時間くらいかかりますか。
wa.ta.shi　so.ko ma.de wa i.chi.ji.ka.n ku.ra.i ka.ka.ri.ma.su ka

運転手：　新宿通り付近は渋滞しやすいので、
　　　　　１時間では着かないかもしれません。
u.n.te.n.shu　shi.n.ju.ku.do.o.ri fu.ki.n wa ju.u.ta.i.shi.ya.su.i no.de

　　　　　　　i.chi.ji.ka.n de wa tsu.ka.na.i ka.mo.shi.re.ma.se.n

わたし：　ちょっと急いでるんですが……。
wa.ta.shi　cho.t.to i.so.i.de.ru n de.su ga

運転手：　渋滞しにくい道路を走ってみます。
u.n.te.n.shu　ju.u.ta.i.shi.ni.ku.i do.o.ro o ha.shi.t.te mi.ma.su

---

我：　　麻煩到這個地址。
司機：　了解了。
我：　　到那裡是不是需要花一個小時左右呢？
司機：　因為在新宿通附近容易塞，一個小時有可能到不了。
我：　　有點急……。
司機：　我跑不容易塞的路看看。

生活單字
吃到飽！

日本主要地區、大都市

北海道地方
ほっかいどう ち ほう
< ho.k.ka.i.do.o chi.ho.o >北海道地區

東北地方
とうほく ち ほう
< to.o.ho.ku chi.ho.o > 東北地區

中部地方
ちゅう ぶ ち ほう
< chu.u.bu chi.ho.o > 中部地區

関東地方
かんとう ち ほう
< ka.n.to.o chi.ho.o > 關東地區

近畿地方
きんき ち ほう
< ki.n.ki chi.ho.o > 近畿地區

中国地方
ちゅうごく ち ほう
< chu.u.go.ku chi.ho.o > 中國地區

四国地方
し こく ち ほう
< shi.ko.ku chi.ho.o > 四國地區

九州地方
きゅうしゅう ち ほう
< kyu.u.shu.u chi.ho.o > 九州地區

沖縄地方
おきなわ ち ほう
< o.ki.na.wa chi.ho.o > 沖繩地區

東京
とうきょう
< to.o.kyo.o > 東京

大阪
おおさか
< o.o.sa.ka > 大阪

京都
きょう と
< kyo.o.to > 京都

広島
ひろしま
< hi.ro.shi.ma > 廣島

福岡
ふくおか
< fu.ku.o.ka > 福岡

名古屋
な ご や
< na.go.ya > 名古屋

横浜
よこはま
< yo.ko.ha.ma > 橫濱

福島
ふくしま
< fu.ku.shi.ma > 福島

長崎
ながさき
< na.ga.sa.ki > 長崎

静岡
しずおか
< shi.zu.o.ka > 靜岡

日本全国
に ほんぜんこく
< ni.ho.n ze.n.ko.ku >
日本全國

交通　UNIT 05

205

05

ひ こう き
飛行機
飛機 hi.ko.o.ki

這句話最好用！

もう ふ
毛布をください。
mo.o.fu o ku.da.sa.i
請給我毛毯。

ざ せき   たお
座席を倒してもいいですか。
za.se.ki o ta.o.shi.te mo i.i de.su ka
可以把椅背倒下來嗎？

に もつ   い
荷物を入れてもらえますか。
ni.mo.tsu o i.re.te mo.ra.e.ma.su ka
可以幫我把行李放進去嗎？

ちょう し   わる
モニターの調子が悪いんですが……。
mo.ni.ta.a no cho.o.shi ga wa.ru.i n de.su ga
螢幕的狀況不好……。

こわ
イヤホンが壊れてるみたいなんですが……。
i.ya.ho.n ga ko.wa.re.te.ru mi.ta.i na n de.su ga
耳機好像壞掉……。

せき   か
席を替わってもらえますか。
se.ki o ka.wa.t.te mo.ra.e.ma.su ka
可以幫我換位子嗎？

連日本人都按讚！

❶ 牛肉とシーフード、どちらになさいますか。
gyu.u.ni.ku to shi.i.fu.u.do do.chi.ra ni na.sa.i.ma.su ka
牛肉與海鮮，您想要哪一種呢？

❷ 麺とごはんがございますが……。
me.n to go.ha.n ga go.za.i.ma.su ga
我們有麵與飯……。

❸ お飲みものは何になさいますか。
o no.mi.mo.no wa na.n ni na.sa.i.ma.su ka
您決定要什麼飲料呢？

❹ ワインはいかがでしょうか。
wa.i.n wa i.ka.ga de.sho.o ka
（喝）葡萄酒如何呢？

❺ 背もたれを元に戻してください。
se.mo.ta.re o mo.to ni mo.do.shi.te ku.da.sa.i
請把椅背調回原位。

❻ シートベルトをおしめください。
shi.i.to.be.ru.to o o shi.me ku.da.sa.i
請繫安全帶。

❼ お席を立たないでください。
o se.ki o ta.ta.na.i.de ku.da.sa.i
請不要站起來。

生活會話我也會！

わたし：
wa.ta.shi

すみません、<ruby>寒<rt>さむ</rt></ruby>いので<ruby>毛布<rt>もう ふ</rt></ruby>をもらえますか。
su.mi.ma.se.n sa.mu.i no.de mo.o.fu o mo.ra.e.ma.su ka

<ruby>客室乗務員<rt>きゃくしつじょう む いん</rt></ruby>：
kya.ku.shi.tsu.jo.o.mu.i.n

<ruby>少々<rt>しょうしょう</rt></ruby>お<ruby>待<rt>ま</rt></ruby>ちください。
sho.o.sho.o o ma.chi ku.da.sa.i

わたし：
wa.ta.shi

ありがとうございます。
a.ri.ga.to.o go.za.i.ma.su

<ruby>客室乗務員<rt>きゃくしつじょう む いん</rt></ruby>：
kya.ku.shi.tsu.jo.o.mu.i.n

お<ruby>客様<rt>きゃくさま</rt></ruby>、お<ruby>食事<rt>しょく じ</rt></ruby>の<ruby>間<rt>あいだ</rt></ruby>は<ruby>背<rt>せ</rt></ruby>もたれを
<ruby>元<rt>もと</rt></ruby>に<ruby>戻<rt>もど</rt></ruby>していただけますか。
o kya.ku sa.ma o sho.ku.ji no a.i.da wa se.mo.ta.re o
mo.to ni mo.do.shi.te i.ta.da.ke.ma.su ka

わたし：
wa.ta.shi

あっ、すみません。
a.t su.mi.ma.se.n

<ruby>客室乗務員<rt>きゃくしつじょう む いん</rt></ruby>：
kya.ku.shi.tsu.jo.o.mu.i.n

おしぼりをどうぞ。
o.shi.bo.ri o do.o.zo

我： 不好意思，因為很冷，所以可以給我毛毯嗎？
空服員： 請稍等。
我： 謝謝您。
空服員： 這位乘客，用餐時間可以麻煩您把椅背調回原位嗎？
我： 啊，不好意思。
空服員： 請用擦手巾。

生活單字
吃到飽！

機場

空港
くうこう
< ku.u.ko.o > 機場

航空会社
こうくうがいしゃ
< ko.o.ku.u.ga.i.sha > 航空公司

エコノミークラス
< e.ko.no.mi.i.ku.ra.su > 經濟艙

ビジネスクラス
< bi.ji.ne.su.ku.ra.su > 商務艙

ファーストクラス
< fa.a.su.to.ku.ra.su > 頭等艙

機内食
き ないしょく
< ki.na.i.sho.ku > 機上餐點

パスポート
< pa.su.po.o.to > 護照

入国カード
にゅうこく
< nyu.u.ko.ku.ka.a.do > 入境卡

税関申告書
ぜいかんしんこくしょ
< ze.e.ka.n.shi.n.ko.ku.sho >
海關申報單

免税品
めんぜいひん
< me.n.ze.e.hi.n > 免稅商品

コールボタン
< ko.o.ru.bo.ta.n > 呼叫鈕

第1ターミナル
だいいち
< da.i.i.chi ta.a.mi.na.ru > 第一航廈

出発ロビー
しゅっぱつ
< shu.p.pa.tsu.ro.bi.i > 出境大廳

到着ロビー
とうちゃく
< to.o.cha.ku.ro.bi.i > 入境大廳

チェックインカウンター
< che.k.ku.i.n.ka.u.n.ta.a >
報到櫃檯

手荷物引取所
て に もつひきとりじょ
< te.ni.mo.tsu.hi.ki.to.ri.jo >
行李提領處

3番ゲート
さんばん
< sa.n.ba.n ge.e.to > 三號登機口

リムジンバス
< ri.mu.ji.n.ba.su > 利木津巴士

入国審査
にゅうこくしん さ
< nyu.u.ko.ku.shi.n.sa > 入境審查

クレームカウンター
< ku.re.e.mu.ka.u.n.ta.a >
提領行李申訴櫃檯

UNIT 05 交通

老師的悄悄話 TOMOKO

行人優先？

　　第一次到台灣時，台灣給我的第一印象就是摩托車。當交通號誌一變成紅燈，整條道路停滿摩托車；而號誌一變成綠燈，瞬間好像摩托車競速大賽，畫面看起來有點恐怖，但也令人印象深刻。相反地，台灣人去日本玩，也有很多感想吧。尤其交通方面，好幾個台灣朋友說，覺得日本人很守規矩。我以前不這麼覺得，但是在台灣住久了偶爾回日本，真的有這種感覺。比方說路上完全沒有車子時，日本絕對沒人會因此就偷偷穿越馬路，而紅燈一直沒有變成綠燈時，也會站在斑馬線前乖乖等著。尤其澀谷車站那裡的十字路口畫面最為精彩，幾百個人在斑馬線前等著紅綠燈，變綠的時候大家都快步走，而號誌燈快要變紅時大家就飛快地跑，一旦變成紅色以後大家的腳步也瞬間停住。有個外國朋友形容說，那看起來簡直像北韓的表演。

　　當然有沒有守規矩，不能以國家來分，因為台灣也有很多守規矩的人，但就比例來說，還是日本較多吧。再說一下其他國家吧，我去法國旅行的時候發現，法國人根本沒在看紅綠燈，他們都看車子來決定要不要過馬路。下雨的時候就更離譜了，明明車子在跑，大家也無所謂地過馬路，但開車的人好像也習慣了的樣子，總是願意讓行人優先。規矩歸規矩，但民眾把它合理化的感覺，讓我覺得好法國。

和法國人比起來，對日本人來說，規矩就是規矩，給人的感覺是一切照規矩或法律來走。常聽到有人說，日本人不懂得通融，好像機器人一樣，但反過來說，也正是因為日本人非常守規矩，日本社會才能順利地運轉，同時交通事故也少很多。

話說回來，現在我在台北，每天騎摩托車，一開始騎的時候騎好慢，後來朋友建議說「你騎這麼慢，反而會害到人家，所以跟著大家的速度跑最安全。」聽起來頗有道理？（笑）總之，大家都要「安全第一」（＜a.n.ze.n da.i.i.chi＞；安全第一）就是啦。

　　網友來信考我「誰怕誰」的日文。我想了一整個早上，目前想到的如下。但如果日文達人們有更好的答案，請分享給我。

網友：ぜんぜん怖^{こわ}くないよ。

　　< ze.n.ze.n ko.wa.ku.na.i yo >

　　誰怕誰。（直譯：一點也不怕喔。）

也可以說：ぜんぜん平気^{へいき}だよ。

　　< ze.n.ze.n he.e.ki.da yo >

　　誰怕誰。（直譯：完全不在乎喔。）

P.S.可是我被問這種問題，「怖^{こわ}いよ」（好怕喔），哈。

ぷんぷん：怒氣沖沖地

ぼくのバナナを食べるな：不要吃我的香蕉

おいしい：好好吃

Unit 06

[緊急事態
きんきゅう じ たい

ki.n.kyu.u ji.ta.i

緊急狀況

けがをする 受傷

病院に行く 去醫院
びょういん い

薬を買う 買藥
くすり か

助けを求める 求助
たす もと

なくす 遺失

けがをする

受傷 ke.ga o su.ru

這句話最好用！

けが してしまいました。

ke.ga.shi.te shi.ma.i.ma.shi.ta
不小心受傷了。

套進去説説看

ねんざ
< ne.n.za > 扭傷

つき指（ゆび）
< tsu.ki.yu.bi > 手指扭傷

骨折（こっせつ）
< ko.s.se.tsu > 骨折

脱臼（だっきゅう）
< da.k.kyu.u > 脱臼

打撲（だぼく）
< da.bo.ku > 瘀傷；撞傷

やけど
< ya.ke.do > 燙傷

スキーで骨折（こっせつ）してしまいました。

su.ki.i de ko.s.se.tsu.shi.te shi.ma.i.ma.shi.ta
因為滑雪，不小心骨折了。

野球の試合の最中にねんざ してしまいました。

（や きゅう）（し あい）（さいちゅう）
ya.kyu.u no shi.a.i no sa.i.chu.u ni ne.n.za.shi.te shi.ma.i.ma.shi.ta
棒球比賽的時候，不小心扭傷了。

コーヒーをこぼしてやけど してしまいました。

ko.o.hi.i o ko.bo.shi.te ya.ke.do.shi.te shi.ma.i.ma.shi.ta
因為弄倒咖啡，不小心燙傷了。

連日本人都按讚！

① 腰を痛めたみたいです。
ko.shi o i.ta.me.ta mi.ta.i de.su
腰好像受傷了。

② 頭から血が出てますよ。
a.ta.ma ka.ra chi ga de.te.ma.su yo
頭上流血了喔。

③ 鼻血が止まりません。
ha.na.ji ga to.ma.ri.ma.se.n
鼻血流不止。

④ 料理で指を切ってしまいました。
ryo.o.ri de yu.bi o ki.t.te shi.ma.i.ma.shi.ta
因為做菜，不小心切到手指頭。

⑤ ただのかすり傷です。
ta.da no ka.su.ri ki.zu de.su
只是個擦傷。

⑥ この傷はあとが残るでしょう。
ko.no ki.zu wa a.to ga no.ko.ru de.sho.o
這個傷口會留疤吧。

⑦ 肩のところが腫れています。
ka.ta no to.ko.ro ga ha.re.te i.ma.su
肩膀那裡腫起來了。

緊急狀況 UNIT｜06｜

215

生活會話我也會！

わたし： 足、どうしたんですか。
wa.ta.shi　a.shi do.o.shi.ta n de.su ka

日本人： バスケットの練習で、ねんざしてしまいました。
ni.ho.n.ji.n　ba.su.ke.t.to no re.n.shu.u de ne.n.za.shi.te shi.ma.i.ma.shi.ta

わたし： だいじょうぶですか。
wa.ta.shi　da.i.jo.o.bu de.su ka

日本人： ええ、もうだいぶよくなりました。
あれっ、膝から血が出てますよ。
ni.ho.n.ji.n　e.e mo.o da.i.bu yo.ku na.ri.ma.shi.ta
a.re.t hi.za ka.ra chi ga de.te.ma.su yo

わたし： さっきそこで転んでしまったんです。ただのかすり傷です。
wa.ta.shi　sa.k.ki so.ko de ko.ro.n.de shi.ma.t.ta n de.su ta.da no ka.su.ri ki.zu de.su

日本人： 消毒したほうがいいですよ。
ni.ho.n.ji.n　sho.o.do.ku.shi.ta ho.o ga i.i de.su yo

我： 腳，怎麼了？
日本人： 因為籃球的練習，不小心扭傷了。
我： 不要緊吧？
日本人： 是的，已經好得差不多了。咦，膝蓋流血了耶。
我： 剛才在那裡跌倒了。只是個擦傷。
日本人： 最好消毒喔。

生活單字 吃到飽！

 身 體

おでこ
< o.de.ko > 額頭

め
目
< me > 眼睛

はな
鼻
< ha.na > 鼻子

みみ
耳
< mi.mi > 耳朵

くち
口
< ku.chi > 嘴巴

は
歯
< ha > 牙齒

くちびる
< ku.chi.bi.ru > 嘴唇

くび
首
< ku.bi > 脖子

かた
肩
< ka.ta > 肩膀

むね
胸
< mu.ne > 胸部

ひじ
肘
< hi.ji > 手肘

て
手
< te > 手

ゆび
指
< yu.bi > 指頭

ひざ
膝
< hi.za > 膝蓋

こし
腰
< ko.shi > 腰

おなか
< o.na.ka > 肚子

あし
足
< a.shi > 腳

ふくらはぎ
< fu.ku.ra.ha.gi > 小腿

あしくび
足首
< a.shi.ku.bi > 腳踝

しり
お尻
< o shi.ri > 屁股

びょういん　　い
病院に行く
去醫院 byo.o.i.n ni i ku

這句話最好用！

ねん　　　　　　　さいけつ
念のため、採血し ましょう。
ne.n no ta.me sa.i.ke.tsu.shi.ma.sho.o
慎重起見，抽血吧。

套進去説説看

てんてき
点滴し
< te.n.te.ki.shi > 打點滴

くわ　　　けんさ
詳しく検査し
< ku.wa.shi.ku ke.n.sa.shi > 詳細地檢查

さいけんさ
再検査し
< sa.i.ke.n.sa.shi > 再檢查一次

　　　　　　　　と
レントゲンを撮り
< re.n.to.ge.n o to.ri > 照 X 光

けつえき　　しら
血液を調べ
< ke.tsu.e.ki o shi.ra.be > 檢查血液

　　　　　　　けんさ
ふんべん検査をし
< fu.n.be.n ke.n.sa o shi > 做糞便檢查

ねん　　　　　　　よぼうちゅうしゃ
念のため、予防注射しておき ましょう。
ne.n no ta.me yo.bo.o.chu.u.sha.shi.te o.ki.ma.sho.o
慎重起見，先打預防針吧。

ねん　　　　　　　いた　ど　　　だ
念のため、痛み止めを出しておき ましょう。
ne.n no ta.me i.ta.me.do.me o da.shi.te o.ki.ma.sho.o
慎重起見，先開止痛藥吧。

ねん　　　　　　　ねつ　はか
念のため、熱を量り ましょう。
ne.n no ta.me ne.tsu o ha.ka.ri.ma.sho.o
慎重起見，量體溫吧。

連日本人都按讚！

❶ どうしましたか。
do.o shi.ma.shi.ta ka
怎麼了？

❷ どこか痛いところがありますか。
do.ko ka i.ta.i to.ko.ro ga a.ri.ma.su ka
有哪裡會痛嗎？

❸ アレルギーはありますか。
a.re.ru.gi.i wa a.ri.ma.su ka
會過敏嗎？

❹ 大したことないですから、安心してください。
ta.i.shi.ta ko.to na.i de.su ka.ra a.n.shi.n.shi.te ku.da.sa.i
因為沒有什麼大不了的事，所以請放心。

❺ 診断書を書いてもらえますか。
shi.n.da.n.sho o ka.i.te mo.ra.e.ma.su ka
可以幫我開診斷書嗎？

❻ 手術する必要があります。
shu.ju.tsu.su.ru hi.tsu.yo.o ga a.ri.ma.su
必須做手術。

❼ こちらの申込用紙にご記入ください。
ko.chi.ra no mo.o.shi.ko.mi.yo.o.shi ni go ki.nyu.u ku.da.sa.i
請填這裡的申請單。

生活會話我也會！

医者：　どうしましたか。
い しゃ

i.sha　　do.o shi.ma.shi.ta ka

わたし：　おなかの下のほうが痛いんです。
　　　　　　　　した　　　　　　いた
　　　　　それから、便秘もひどいです。
　　　　　　　　　　　　べん ぴ

wa.ta.shi　o.na.ka no shi.ta no ho.o ga i.ta.i n de.su

　　　　　　so.re.ka.ra be.n.pi mo hi.do.i de.su

医者：　がまんできないほどの痛みですか。
い しゃ　　　　　　　　　　　　　　いた

i.sha　　ga.ma.n.de.ki.na.i ho.do no i.ta.mi de.su ka

わたし：　はい。

wa.ta.shi　ha.i

医者：　じゃあ、念のため、超音波検査をしましょう。
い しゃ　　　　　　ねん　　　　　ちょうおん ぱ けん さ

i.sha　　ja.a ne.n no ta.me cho.o.o.n.pa.ke.n.sa o shi.ma.sho.o

わたし：　よろしくお願いします。
　　　　　　　　　　　　ねが

wa.ta.shi　yo.ro.shi.ku o ne.ga.i shi.ma.su

醫生：　怎麼了嗎？
我：　　肚子下面那裡很痛。還有，便祕也很嚴重。
醫生：　是無法忍受的痛嗎？
我：　　是的。
醫生：　那麼，慎重起見，做超音波檢查吧。
我：　　麻煩您。

生活單字 吃到飽！

醫 院

きゅうきゅうしゃ
救急車
< kyu.u.kyu.u.sha > 救護車

しんさつ
診察
< shi.n.sa.tsu > 診察

びょうしつ
病室
< byo.o.shi.tsu > 病房

しゅじゅつ
手術
< shu.ju.tsu > 手術

しゅうちゅう ち りょうしつ
集中治療室
< shu.u.chu.u.chi.ryo.o.shi.tsu >

加護病房

くるまいす
車椅子
< ku.ru.ma.i.su > 輪椅

ナースステーション
< na.a.su.su.te.e.sho.n > 護理站

きゅうきゅう
救急センター
< kyu.u.kyu.u.se.n.ta.a > 急診室

カルテ
< ka.ru.te > 病歷表

まちあいしつ
待合室
< ma.chi.a.i.shi.tsu > 候診室

にゅういん
入院
< nyu.u.i.n > 住院

たいいん
退院
< ta.i.i.n > 出院

ち りょう
治療
< chi.ryo.o > 治療

がん
< ga.n > 癌症

ねつ
熱
< ne.tsu > 發燒

かぜ
風邪
< ka.ze > 感冒

めまい
< me.ma.i > 頭暈

ず つう
頭痛
< zu.tsu.u > 頭痛

ふくつう
腹痛
< fu.ku.tsu.u > 腹痛

せき
咳
< se.ki > 咳嗽

緊急狀況 UNIT｜06｜

03

薬を買う
買藥 ku.su.ri o ka.u

這句話最好用！

この 風邪薬 のおかげでよくなりました。
ko.no ka.ze.gu.su.ri no o.ka.ge de yo.ku na.ri.ma.shi.ta
託這個感冒藥的福，變好了

套進去説説看

胃腸薬
< i.cho.o.ya.ku > 胃腸藥

頭痛薬
< zu.tsu.u.ya.ku > 頭痛藥

下痢止め
< ge.ri.do.me > 止瀉藥

痛み止め
< i.ta.mi.do.me > 止痛藥

便秘薬
< be.n.pi.ya.ku > 便祕藥

目薬
< me.gu.su.ri > 眼藥

この 整腸剤 のおかげでよくなりました。
ko.no se.e.cho.o.za.i no o.ka.ge de yo.ku na.ri.ma.shi.ta
託這個整腸劑的福，變好了。

この かゆみ止め のおかげでよくなりました。
ko.no ka.yu.mi.do.me no o.ka.ge de yo.ku na.ri.ma.shi.ta
託這個止癢藥的福，變好了。

この 漢方薬 のおかげでよくなりました。
ko.no ka.n.po.o.ya.ku no o.ka.ge de yo.ku na.ri.ma.shi.ta
託這個中藥的福，變好了。

連日本人都按讚！

① 絆創膏はどこにありますか。
<small>ばんそうこう</small>

ba.n.so.o.ko.o wa do.ko ni a.ri.ma.su ka

OK繃在哪裡呢？

② 子供用の便秘薬はありますか。
<small>こ ども よう　　　べん ぴ やく</small>

ko.do.mo.yo.o no be.n.pi.ya.ku wa a.ri.ma.su ka

有給小孩用的便祕藥嗎？

③ 栄養ドリンクを探しているんですが……。
<small>えいよう　　　　　　　　　さが</small>

e.e.yo.o.do.ri.n.ku o sa.ga.shi.te i.ru n de.su ga

在找營養口服液……。

④ 肩こりによく効く湿布はありますか。
<small>かた　　　　　　き　　　　しっ ぶ</small>

ka.ta.ko.ri ni yo.ku ki.ku shi.p.pu wa a.ri.ma.su ka

有對肩膀酸痛非常有效的酸痛貼布嗎？

⑤ 薬用のど飴をください。
<small>やくよう　　　あめ</small>

ya.ku.yo.o no.do.a.me o ku.da.sa.i

請給我藥用喉糖。

⑥ 化粧品や日用品も売ってるんですね。
<small>け しょうひん　にちようひん　う</small>

ke.sho.o.hi.n ya ni.chi.yo.o.hi.n mo u.t.te.ru n de.su ne

也有賣化妝品或日常用品耶。

⑦ こちらの風邪薬が一番売れてるんですよ。
<small>かぜ くすり　いちばん う</small>

ko.chi.ra no ka.ze.gu.su.ri ga i.chi.ba.n u.re.te.ru n de.su yo

這邊的感冒藥賣得最好喔。

生活會話我也會！

わたし： 正露丸はどこにありますか。
せい ろ がん
wa.ta.shi　se.e.ro.ga.n wa do.ko ni a.ri.ma.su ka

店員： ご案内いたします。こちらへどうぞ。
てんいん　　あんない
te.n.i.n go　a.n.na.i i.ta.shi.ma.su ko.chi.ra e do.o.zo

わたし： すみません。
wa.ta.shi　su.mi.ma.se.n

店員： こちらです。
てんいん
一番人気のある商品はこちらの白い錠剤です。
いちばんにんき　　　　　しょうひん　　　　　　しろ じょうざい
わたしの下痢もこれのおかげでよくなりました。
げ り
te.n.i.n　ko.chi.ra de.su
i.chi.ba.n ni.n.ki no a.ru sho.o.hi.n wa ko.chi.ra no shi.ro.i jo.o.za.i de.su
wa.ta.shi no ge.ri mo ko.re no o.ka.ge de yo.ku na.ri.ma.shi.ta

わたし： じゃあ、それをください。
wa.ta.shi　 ja.a so.re o ku.da.sa.i

店員： かしこまりました。
てんいん
te.n.i.n　ka.shi.ko.ma.ri.ma.shi.ta

我： 正露丸放在哪裡呢？
店員： 我帶您去。這邊請。
我： 不好意思。
店員： 就在這裡。最受歡迎的商品是這邊的白色藥丸。
　　　 我的腹瀉也託這個的福變好了。
我： 那麼，請給我那個。
店員： 知道了。

生活單字
吃到飽！

藥妝店

マスク
< ma.su.ku > 口罩

なんこう
軟膏
< na.n.ko.o > 藥膏

たいおんけい
体温計
< ta.i.o.n.ke.e > 體溫計

カプセル
< ka.pu.se.ru > 膠囊

くすり
うがい薬
< u.ga.i.gu.su.ri > 漱口藥水

ほうたい
包帯
< ho.o.ta.i > 繃帶

ざい
ビタミン剤
< bi.ta.mi.n.za.i > 維他命劑

じょこうえき
除光液
< jo.ko.o.e.ki > 去光水

ヘアカラー
< he.a.ka.ra.a > 染髮劑

めんぼう
綿棒
< me.n.bo.o > 棉花棒

いと
糸ようじ
< i.to.yo.o.ji > 牙線

け しょうすい
化粧水
< ke.sho.o.su.i > 化妝水

にゅうえき
乳液
< nyu.u.e.ki > 乳液

せんがん
洗顔フォーム
< se.n.ga.n.fo.o.mu > 洗面乳

アイライナー
< a.i.ra.i.na.a > 眼線筆

チーク
< chi.i.ku > 腮紅

マスカラ
< ma.su.ka.ra > 睫毛膏

アイシャドー
< a.i.sha.do.o > 眼影

くちべに
口紅
< ku.chi.be.ni > 口紅

お
メイク落とし
< me.e.ku.o.to.shi > 卸妝液

04

<ruby>助<rt>たす</rt></ruby>けを<ruby>求<rt>もと</rt></ruby>める

求助 ta.su.ke o mo.to.me.ru

這句話最好用！

<ruby>誰<rt>だれ</rt></ruby>か！
da.re ka
誰來幫忙！

<ruby>誰<rt>だれ</rt></ruby>か<ruby>来<rt>き</rt></ruby>て！
da.re ka ki.te
誰來幫忙！

<ruby>救急車<rt>きゅうきゅうしゃ</rt></ruby>を<ruby>呼<rt>よ</rt></ruby>んでください。
kyu.u.kyu.u.sha o yo.n.de ku.da.sa.i
請叫救護車。

<ruby>警察<rt>けいさつ</rt></ruby>を<ruby>呼<rt>よ</rt></ruby>んでください。
ke.e.sa.tsu o yo.n.de ku.da.sa.i
請叫警察。

<ruby>１１０番通報<rt>ひゃくとお ばんつうほう</rt></ruby>してください。
hya.ku.to.o.ba.n tsu.u.ho.o.shi.te ku.da.sa.i
請通報110。

<ruby>１１９番<rt>ひゃくじゅうきゅう ばん</rt></ruby>にかけてください。
hya.ku.ju.u.kyu.u.ba.n ni ka.ke.te ku.da.sa.i
請撥119。

連日本人都按讚！

1 警備員室はどこですか。
けい び いんしつ

ke.e.bi.i.n.shi.tsu wa do.ko de.su ka

警衛室在哪裡呢？

2 痴漢にあったら、駅員に通報してください。
ち かん　　　　　えきいん　　つうほう

chi.ka.n ni a.t.ta.ra e.ki.i.n ni tsu.u.ho.o.shi.te ku.da.sa.i

遇到色狼的話，請通報站務員。

3 痴漢をするなんて、最低です。
ち かん　　　　　　　さいてい

chi.ka.n o su.ru na.n.te sa.i.te.e de.su

當色狼，真差勁。

4 こんなときはどうしたらいいですか。

ko.n.na to.ki wa do.o shi.ta.ra i.i de.su ka

這種時候，該怎麼辦才好呢？

5 台北駐日経済文化代表処で相談してみてください。
タイペイちゅうにちけいざいぶん か だいひょうしょ　そうだん

ta.i.pe.e.chu.u.ni.chi.ke.e.za.i.bu.n.ka.da.i.hyo.o.sho de so.o.da.n.shi.te mi.te ku.da.sa.i

請在台北駐日經濟文化代表處商量看看。

6 中国語が話せる人はいますか。
ちゅうごく ご　　はな　　　ひと

chu.u.go.ku.go ga ha.na.se.ru hi.to wa i.ma.su ka

有會說中文的人嗎？

7 助けてください！
たす

ta.su.ke.te ku.da.sa.i

請救我！

たす もと

生活會話我也會！

わたし： 誰か！
だれ
wa.ta.shi　da.re ka

日本人： どうしましたか。
に ほんじん
ni.ho.n.ji.n　do.o shi.ma.shi.ta ka

わたし： 友だちが突然倒れてしまったんです。
とも とつぜんたお
wa.ta.shi　to.mo.da.chi ga to.tsu.ze.n ta.o.re.te shi.ma.t.ta n de.su

日本人： 急いで救急車を呼びましょう。
に ほんじん いそ きゅうきゅうしゃ よ
ni.ho.n.ji.n　i.so.i.de kyu.u.kyu.u.sha o yo.bi.ma.sho.o

わたし： 電話してもらえますか。日本語が下手なもので……。
でん わ に ほんご へ た
wa.ta.shi　de.n.wa.shi.te mo.ra.e.ma.su ka ni.ho.n.go ga he.ta.na mo.no de

日本人： お任せください。
に ほんじん まか
ni.ho.n.ji.n　o ma.ka.se ku.da.sa.i

我：	誰來幫忙！
日本人：	怎麼了嗎？
我：	（我）朋友突然倒了下來。
日本人：	趕快叫救護車吧。
我：	可以幫忙打電話嗎？因為（我的）日文不好……。
日本人：	請交給我。

生活單字
吃到飽！

緊急服務

こうばん
交番
< ko.o.ba.n > 派出所

けいさつかん
警察官
< ke.e.sa.tsu.ka.n > 警察

けいじ
刑事
< ke.e.ji > 刑警

こうつうけいさつ
交通警察
< ko.o.tsu.u ke.e.sa.tsu > 交通警察

じゅんさ
巡査
< ju.n.sa > 巡警

まわ
お巡りさん
< o ma.wa.ri sa.n > 巡警先生；警察先生

ふえ
笛
< fu.e > 哨子

じゅう
銃
< ju.u > 槍

てじょう
手錠
< te.jo.o > 手銬

けいさつ
警察バッジ
< ke.e.sa.tsu ba.j.ji > 警徽

けいぼう
警棒
< ke.e.bo.o > 警棍

けいさつけん
警察犬
< ke.e.sa.tsu.ke.n > 警犬

パトカー
< pa.to.ka.a > 巡邏車

しろ
白バイ
< shi.ro.ba.i > 警用摩托車

しょうぼうしゃ
消防車
< sho.o.bo.o.sha > 消防車

しょうぼうじどうしゃ
消防自動車
< sho.o.bo.o.ji.do.o.sha > 消防車

しょうぼうし
消防士
< sho.o.bo.o.shi > 消防員

まいご　し
迷子のお知らせ
< ma.i.go no o shi.ra.se >
走失兒童的廣播

まいご
迷子センター
< ma.i.go.se.n.ta.a > 走失兒童中心

サービスカウンター
< sa.a.bi.su.ka.u.n.ta.a > 服務櫃檯

緊急狀況 UNIT 06

229

なくす
遺失 na.ku.su

這句話最好用！

おととい 財布を盗まれ ました。
o.to.to.i sa.i.fu o nu.su.ma.re.ma.shi.ta
前天錢包被偷了。

套進去説説看

ノートブックをとられ
< no.o.to.bu.k.ku o to.ra.re > 筆記型電腦被偷

泥棒に入られ
< do.ro.bo.o ni ha.i.ra.re > 遭小偷

強盗にとられ
< go.o.to.o ni to.ra.re > 遭強盗

空き巣に入られ
< a.ki.su ni ha.i.ra.re > 被闖空門

ひったくりにかばんをとられ
< hi.t.ta.ku.ri ni ka.ba.n o to.ra.re >
被搶劫犯搶走包包

スリに現金を盗まれ
< su.ri ni ge.n.ki.n o nu.su.ma.re > 被扒手扒走現金

おととい 電車の中で財布をすられ ました。
o.to.to.i de.n.sha no na.ka de sa.i.fu o su.ra.re.ma.shi.ta
前天在電車裡錢包被偷了。

おととい 友だちに自転車をなくされ ました。
o.to.to.i to.mo.da.chi ni ji.te.n.sha o na.ku.sa.re.ma.shi.ta
前天被朋友弄丟了腳踏車。

おととい 泥棒に入られて、家財をすべて奪われ ました。
o.to.to.i do.ro.bo.o ni ha.i.ra.re.te ka.za.i o su.be.te u.ba.wa.re.ma.shi.ta
前天遭小偷，所有的家產都被拿走了。

連日本人都按讚！

① あの銀行強盗は500億円を奪ったそうです。
ぎんこうごうとう ごひゃくおくえん うば

a.no gi.n.ko.o go.o.to.o wa go.hya.ku.o.ku e.n o u.ba.t.ta so.o de.su

據說那個銀行搶匪搶走了500億日圓。

② 強盗と揉みあいになって、けがしました。
ごうとう も

go.o.to.o to mo.mi.a.i ni na.t.te ke.ga.shi.ma.shi.ta

與強盜扭打在一起，受了傷。

③ 最近、空き巣が多いので注意してください。
さいきん あ す おお ちゅうい

sa.i.ki.n a.ki.su ga o.o.i no.de chu.u.i.shi.te ku.da.sa.i

因為最近闖空門的很多，所以請注意。

④ 居酒屋に携帯を置き忘れてしまいました。
いざかや けいたい お わす

i.za.ka.ya ni ke.e.ta.i o o.ki.wa.su.re.te shi.ma.i.ma.shi.ta

我不小心把手機忘在居酒屋了。

⑤ 見つかったら、ここに連絡してください。
み れんらく

mi.tsu.ka.t.ta.ra ko.ko ni re.n.ra.ku.shi.te ku.da.sa.i

找到的話，請聯絡這裡。

⑥ パスポートをなくしたらたいへんですよ。

pa.su.po.o.to o na.ku.shi.ta.ra ta.i.he.n de.su yo

遺失護照的話，就傷腦筋。

⑦ 盗まれた財布の中には現金やカードが入っています。
ぬす さいふ なか げんきん はい

nu.su.ma.re.ta sa.i.fu no na.ka ni wa ge.n.ki.n ya ka.a.do ga ha.i.t.te i.ma.su

被偷的錢包裡有現金或（信用）卡。

UNIT｜06｜緊急狀況

231

生活會話我也會！

. . . .

わたし： 財布をなくしてしまったんですが……。

wa.ta.shi sa.i.fu o na.ku.shi.te shi.ma.t.ta n de.su ga

警察： どこでなくしたんですか。

ke.e.sa.tsu do.ko de na.ku.shi.ta n de.su ka

わたし： 分かりません。店でお金を払おうとしたとき、
ないことに気づいたんです。

wa.ta.shi wa.ka.ri.ma.se.n mi.se de o ka.ne o ha.ra.o.o to shi.ta to.ki

na.i ko.to ni ki.zu.i.ta n de.su

警察： すられたのか、自分で落としたのかも分かりませんか。

ke.e.sa.tsu su.ra.re.ta no ka ji.bu.n de o.to.shi.ta no ka mo wa.ka.ri.ma.se.n ka

わたし： もしかしたら満員電車の中ですられたの
かもしれません。

wa.ta.shi mo.shi.ka.shi.ta.ra ma.n.i.n.de.n.sha no na.ka de su.ra.re.ta no

ka.mo.shi.re.ma.se.n

警察： とりあえず、この書類に記入してください。

ke.e.sa.tsu to.ri.a.e.zu ko.no sho.ru.i ni ki.nyu.u.shi.te ku.da.sa.i

我：	不小心錢包不見了……。
警察：	在哪裡不見的呢？
我：	不知道。在店裡要付錢時，才發現不見了的事。
警察：	是被偷了還是自己搞丟了，也不清楚嗎？
我：	有可能是在擠滿人的電車裡被偷了。
警察：	首先，請填這個資料。

生活單字
吃到飽！

情緒

こわ
怖い
< ko.wa.i > 害怕的

おそ
恐ろしい
< o.so.ro.shi.i > 恐怖的

くやしい
< ku.ya.shi.i > 不甘心的；後悔的

かな
悲しい
< ka.na.shi.i > 難過的

つらい
< tsu.ra.i > 痛苦的

こころぐる
心苦しい
< ko.ko.ro.gu.ru.shi.i > 難受的

さび
寂しい
< sa.bi.shi.i > 寂寞的

うれしい
< u.re.shi.i > 高興的

たの
楽しい
< ta.no.shi.i > 開心的；快樂的

おかしい
< o.ka.shi.i > 可笑的

おもしろい
< o.mo.shi.ro.i > 有趣的；好笑的

びっくりする
< bi.k.ku.ri.su.ru > 感到驚訝

がっかりする
< ga.k.ka.ri.su.ru > 感到失望

ドキドキする
< do.ki.do.ki.su.ru >
感到緊張（心臟怦怦跳）

ワクワクする
< wa.ku.wa.ku.su.ru > 感到期待

イライラする
< i.ra.i.ra.su.ru >
感到焦急；坐立不安

ほっとする
< ho.t.to.su.ru > 鬆一口氣

かんどう
感動する
< ka.n.do.o.su.ru > 感動

まんぞく
満足する
< ma.n.zo.ku.su.ru > 滿意；滿足

おこ
怒る
< o.ko.ru > 生氣

UNIT｜06｜
緊急狀況

老
師
的
悄
悄
話
TOMOKO

日文裡豐富的
「擬聲語、擬態語」，知道多少？

　　常看日本漫畫或卡通的人都知道，日文裡有很多「擬聲語、擬態語」。「擬聲語、擬態語」有什麼功用呢？有了它們，腦海裡便容易出現相關畫面，再加上它們有日文獨特的美感，所以只要用對位置，日文一定能變得更有日本味。

　　首先簡單解釋一下什麼是「擬聲語、擬態語」吧。

　　擬聲語：拿來形容聲音的語彙，例如狗聲就會用「ワンワン」（＜wa.n.wa.n＞；汪汪）來表示，而雷聲就會「ゴロゴロ」（＜go.ro.go.ro＞；轟隆隆）來形容等。

　　擬態語：拿來形容事物狀態的語彙，例如用來形容東西閃閃發光就會用「キラキラ」（＜ki.ra.ki.ra＞；閃亮狀），而用來表示焦慮的心情就會用「イライラ」（＜i.ra.i.ra＞；煩躁狀）等。

　　一般說來，「擬聲語、擬態語」通常被當成形容詞或副詞來使用。而就學習上，「擬聲語」比較簡單，「擬態語」就難一些，因為它來自於日本人的生活體驗，不能靠聲音來記憶，只能用文字呈現，所以只能死背。比方說：

・おなかがぺこぺこです。

＜o.na.ka ga pe.ko.pe.ko de.su＞；肚子餓得咕咕叫。

・彼に会うとドキドキします。

＜ka.re ni a.u to do.ki.do.ki.shi.ma.su＞；遇到他心就會怦怦地跳。

・髪の毛がサラサラですね。

＜ka.mi no ke ga sa.ra.sa.ra de.su ne＞；頭髮輕盈柔順耶。

　　最後，介紹一下台灣人最熟悉的「擬聲語」吧。像是大家都知道的古早味零食「卡哩卡哩」，意思其實就是「脆脆地」。

・このお菓子はカリカリでおいしいです。

＜ko.no o ka.shi wa ka.ri.ka.ri de o.i.shi.i de.su＞；這個零食脆脆地很好吃。

國家圖書館出版品預行編目資料

從零開始，跟著聽、照著説～你也會的生活日語！ 新版 /
こんどうともこ著
--修訂初版--臺北市：瑞蘭國際, 2024.03
240面；17 x 23公分 --（元氣日語系列；46）
ISBN：978-626-7274-97-2（平裝）
1. CST：日語 2. CST：會話
803.188　　　　　　　　　　　　　　　113002900

元氣日語系列 46

從零開始，跟著聽、照著説～
你也會的生活日語！ 新版

作者｜こんどうともこ
審訂｜元氣日語編輯小組
責任編輯｜葉仲芸、王愿琦
校對｜こんどうともこ、葉仲芸、王愿琦

日語錄音｜こんどうともこ、福岡載豐・錄音室｜采漾錄音製作有限公司
視覺設計｜劉麗雪／美術插畫｜Ruei Yang、Rebecca

瑞蘭國際出版

董事長｜張暖彗・社長兼總編輯｜王愿琦
編輯部
副總編輯｜葉仲芸・主編｜潘治婷
設計部主任｜陳如琪
業務部
經理｜楊米琪・主任｜林湲洵・組長｜張毓庭

出版社｜瑞蘭國際有限公司・地址｜台北市大安區安和路一段 104 號 7 樓之一
電話｜(02)2700-4625・傳真｜(02)2700-4622・訂購專線｜(02)2700-4625
劃撥帳號｜19914152 瑞蘭國際有限公司
瑞蘭國際網路書城｜www.genki-japan.com.tw

法律顧問｜海灣國際法律事務所　呂錦峯律師

總經銷｜聯合發行股份有限公司・電話｜(02)2917-8022、2917-8042
傳真｜(02)2915-6275、2915-7212・印刷｜科億印刷股份有限公司
出版日期｜2024 年 03 月初版 1 刷・定價｜450 元・ISBN｜978-626-7274-97-2